AF304091

Ralph F. Wild, Jahrgang 1971, ist in Esslingen am Neckar geboren. Der ausgebildete Journalist machte sich zunächst einen Namen als Sportredakteur einer Lokalzeitung in Schwäbisch Gmünd. 2007 schlug er beruflich neue Wege ein und wechselte in die Automobilbranche. Doch nach acht Jahren war der Drang zum Schreiben zu groß: Wild machte sich selbstständig und betreibt in Schwäbisch Gmünd eine Agentur für Öffentlichkeitsarbeit, ist dabei Herausgeber der Zeitschrift *INITATIV. – Ihr Magazin für die Region*. Im Jahr 2016 folgte mit *24 – Stille Nacht* sein zweiter, sehr erfolgreicher Thriller.

Ralph F. Wild wohnt in Durlangen, ist seit 18 Jahren mit seiner Frau Larissa verheiratet und hat drei Kinder.

RALPH F. WILD

TÖDLICHE REGIE

Thriller

Überarbeitete Neuausgabe September 2020

© 2020 dp DIGITAL PUBLISHERS GmbH

Made in Stuttgart with ♥
Alle Rechte vorbehalten

Tödliche Regie

ISBN 978-3-96087-275-0
E-Book-ISBN 978-3-96087-249-1

Copyright © 2014, Einhorn-Verlag
Dies ist eine überarbeitete Neuausgabe des bereits 2014 bei
Einhorn-Verlag erschienenen Titels *Realmord*
(ISBN: 9783936373950).

Copyright © 2015, dp Verlag, ein Imprint der
dp DIGITAL PUBLISHERS GmbH
Dies ist eine überarbeitete Neuausgabe des bereits 2015 bei
dp Verlag erschienenen Titels *Realmord* (ISBN: 978-3-94529-815-2).

Covergestaltung: Rose & Chili Design
Umschlaggestaltung: ARTC.ore
Unter Verwendung von Abbildungen von
depositphotos.com: © MicEnin, © VadimVasenin
shutterstock.com: © 3DProfi, © kamin Jaroensuk
Satz: dp DIGITAL PUBLISHERS
Druck und Bindung: Books on Demand GmbH, Norderstedt

Prolog

Als Klaus Mengler die Tür seines Büros an diesem Morgen aufschließt, schlägt sein Herz schneller und die Hände sind heiß und schwitzig. Der junge Journalist hasst diese Momente, in denen sein Leistungszyklus ihm ein Limit vorgaukelt, das es nur in seinem Kopf gibt. Auf und ab, hin und her – die Gedanken drehen sich wirr, kommen nicht zum Stillstand. Sie rufen immer wieder die gleichen Bahnen ab und gewinnen die Oberhand über sein Ich. Sie donnern durch seinen Kopf wie eine E-Lok. Konstant, schnell, schier unaufhaltsam. Seit Jahren kämpft er mit diesen Symptomen von Stress.

Doch Mengler hat gelernt, sich in solchen Situationen nicht mehr ernst zu nehmen. Bis, ja bis er die Kontrolle zurückgewinnt, indem er sein Körperinneres erspürt. Was die Ärzte als Anzeichen eines Hypochonder-Daseins werten, stellt für Mengler selbst inzwischen einen normalen Inhalt seines Lebens dar. Zwar unangenehm, aber doch kalkulierbar.

»Es kommt, es geht.«

Mit diesen Worten fährt der Journalist seinen Körper herunter, versucht, seinem eigenen Organismus zu befehlen, wieder Normalität einkehren zu lassen.

An diesem Dienstag allerdings gelingt es Mengler nur bedingt, sein inneres Gleichgewicht zu finden. Als er versucht, den Schlüssel ins Schlüsselloch seiner Bürotür zu stecken, wirken die Bewegungen seiner Hand alles andere als geradlinig. Mehrmals rutscht ihm der Schlüsselbart ab, finden die Zacken nicht ihren Weg. Schließlich ist Mengler in dem kleinen Glaskasten drin, tastet nach dem Lichtschalter und findet diesen wider Erwarten prompt.

Als das Licht der hellen Halogenleuchte den Blick freigibt auf seinen Schreibtisch, den aufgeklappten Laptop sowie das kleine Foto seiner Freundin, wird er ruhiger.

»Was ist nur los mit mir?«, fragt er sich nun deutlich unaufgeregter und mit klarer Stimme. »Fange ich bereits an, mit mir selbst zu reden? Mein Gott, ich muss ... verrückt sein!«

Dann lächelt Mengler befreit. Sein Herzschlag wird langsamer und die kleinen Schweißperlen auf seiner Stirn scheinen sich nach und nach von selbst aufzulösen. Er ist zurückgekehrt in seine Welt. Wie sie gekommen waren, so verschwinden die Gedanken nun wieder.

Kaum sichtbar, nur noch eine leichte feuchte Spur am Haaransatz hinterlassend, sucht sich der Schweiß seinen Weg. Mengler fährt sich mit der Hand durch seine kurzen schwarzen Haare und endlich gelingt es ihm auch, sich zu konzentrieren.

»Ich bin gut, leiste hervorragende Arbeit!«, sagt er sich und glaubt das, was er laut ausspricht.

Wie weggeblasen ist der Schwächling, für den er sich bis vor wenigen Augenblicken noch gehalten hatte. Er liebt sich wieder.

Einst hatte sich Mengler auf Schizophrenie untersuchen lassen.

»Nein, nein – das hat doch gar nichts mit dem zu tun, was Sie uns beschreiben«, hatten die Ärzte diagnostiziert.

Mengler konnte durchatmen. Stressbekämpfung lautete fortan das Stichwort. Mengler machte es sich zur Aufgabe, parallel zu seinem Tagesgeschäft zum Thema Stress zu recherchieren. Allenthalben, überall. Die Volkskrankheit Nummer eins, Ursache vieler schwerer Krankheiten, sie würde ihn nicht dahinraffen.

»Stress? Wer bist du? Wo bist du? Ungreifbar, aber immer da.«

Mengler fand seinen eigenen Weg, mit Stress umzugehen, dabei stets auf der Suche nach der einen Nachricht, die ihm die Chance geben sollte, sein Leben um 180 Grad zu wenden, und die ihn hineinkatapultieren würde in die große Show der Medien. Das war sein Ziel, seine Vision.

Mit diesen Gedanken öffnet Mengler, einer der stellvertretenden Chefs vom Dienst der Deutschen Presse-Agentur, wie immer und so auch an diesem Tag seine E-Mails. Vieles sollte allerdings anders sein an diesem Morgen. Sein Körper hatte ihm die ersten Anzeichen geliefert.

Die nächsten Minuten werden sein Leben verändern.

1

In den vergangenen 25 Jahren hatte Frank Mellendorf seine Sommer im hohen Norden verbracht. Kälte, Abgeschiedenheit, Einsamkeit. Stunden zum Nachdenken, zum Philosophieren – das war seine Art, um die freie Zeit zu verbringen. Die wenige, die er hatte. Die wenige, die er sich nahm. Als Mittfünfziger jedoch mied er inzwischen die Kälte seiner zweiten Heimat Skandinavien.

Trotz seiner schlanken Figur (»Die werde ich immer und ewig behalten!«) und seiner kräftigen Oberarme war er dem Sport nie zugeneigt gewesen, sodass seinem gesamten Körper irgendwie die Frische fehlte. Dass er an seinem langsam welkenden Körper hätte etwas ändern sollen, wäre Mellendorf niemals in den Sinn gekommen, wenngleich der zweiwöchentliche Friseurbesuch für ihn ebenso zur Pflicht gehörte wie die tägliche Rasur bei einem Coiffeur inmitten seiner holländischen Wahlheimat Rotterdam.

Als Geschäftsführer des Konzerns Oiltravspor war an mehr als drei, vier Stunden Schlaf für ihn nie zu denken gewesen, sodass er sich zumindest diese Besuche beim Barbier und Friseur von seiner kostbaren Zeit abzweigte, zumal es ihm den Abstand ermöglichte, den er für nötig hielt, um seine Gedanken zu sammeln. Smalltalk über das (wieder einmal) triste Wetter Rotterdams, über die Niederlage von Feyenoord gegen Ajax Amsterdam ... Mellendorf, einer der erfolgreichsten Ölmagnaten Europas, genoss es, für einen Augenblick die auf ihm lastende Bürde abzulegen.

Wenn er später aus dem Fenster seines Büros hinaus auf den Hafen schaute, galten seine Gedanken jedoch nur dem Unternehmen und dem Geld, das er in diesen Minuten, ja Sekunden verdiente. Tag und Nacht, Stunde für Stunde. In unvorstellbaren Mengen. Wie der Taktgeber eines Stromzählers verbuchte er die eingehenden Dollars. Ticktack. Ticktack. Summen, die die Vorstellungskraft eines »Otto Normalverbrauchers« so weit überstiegen, dass ein ungläubiges Staunen derer, die von seinen Einkünften in der Boulevardpresse lasen, immer vorprogrammiert war. Dabei waren die Schätzungen dermaßen weit von seinem tatsächlichen Vermögen entfernt, dass er sie fast schon hätte als Affront empfinden müssen.

Mellendorf war kein Fantast, verrannte sich nicht in der Vorstellung, dass die Energieversorgung in den nächsten Jahrhunderten durch das schwarze Gold gesichert wäre. Doch solange aus den diversen Quellen, die er rund über den Globus verteilt sein Eigen nannte, die Pracht des klebrigen, stinkenden Rohstoffs sprudelte, richtete er das Hauptaugenmerk des Konzerns darauf aus. Zwar forschten seine Wissenschaftler zudem an diversen Projekten der alternativen Energiegewinnung, doch selbst Mellendorf sah diesen Teil seines Unternehmens derzeit noch nicht als echte Alternative an.

Wenn sich Mellendorf in den Windungen seines überdurchschnittlich entwickelten Gehirns verlor, zwang er sich etwa durch den Blick hinaus aufs unendliche Meer hinter dem Rotterdamer Hafen, wieder Boden unter den Füßen zu finden. Dass er überhaupt Auszeiten benötigte, war für ihn neu und störte ihn.

Nachdem die alternden Gelenke in der Kälte Skandinaviens mehr schmerzten als im Süden, hatte sich Mellendorf im vergangenen Jahr erstmals einen kurzen Sommerurlaub an der Côte d'Azur gegönnt. Rechtzeitig zu den Filmfestspielen war der Milliardär in Cannes eingetroffen, um dort unter seinesgleichen zu sein, auch wenn ihm in Sachen Reichtum kaum einer das Wasser reichen konnte. Aber weil er wusste, dass er bei Weitem die Zehn-Milliarden-Grenze geknackt hatte und somit die Königshäuser Europas zusammengenommen an Reichtum übertraf oder ganze Regionen Südfrankreichs hätte kaufen können, ließ er es gerne beim »Millionär« bewenden.

Das mediterrane Küstenstädtchen Cannes, berühmt wegen seines Glamours und seiner grandiosen Lage, war für Mellendorf das Kontrastprogramm zur Ruhe und Idylle Norwegens. Schnell war ihm klar geworden, dass er hier zwischen all den Stars und Sternchen durchaus abschalten konnte. So streifte der Deutsche den legendären Boulevard de la Croisette entlang, gönnte sich so manches Glas Wein zu den von ihm so geliebten Muscheln in Weißweinsoße und ließ die Stunden an sich vorüberziehen. Die Soße zu den Moules à la crème war für ihn der Inbegriff Frankreichs – cremig und kräftig, charmant und sexy. Dabei erweckte sein Gaumen in ihm die wahren Gelüste, denn sein Blick galt, während er die Muscheln genoss, nicht nur der Schönheit der Landschaft und des

Meeres, sondern auch den in einem solchen Sommer-Sonne-Badeort an der Côte d'Azur zur Schau gestellten fleischlichen Reizen. Und Mellendorf genoss Cannes in vollen Zügen – auch in den Nächten.

Mellendorfs Ausflug an die Côte d'Azur endete nach nur fünf Tagen. Es war eine Region, die er schnell kennen- und lieben gelernt hatte, war er doch innerhalb nur weniger Stunden von einem vielbeschäftigten Unternehmer zu einem Touristen mutiert, hatte Energie für die mühsamen Tage an der Spitze eines Konzerns getankt. Vor seiner Abreise hatte er sich noch mit dem Hollywood-Regisseur Michael Mc Lorey getroffen, seit vielen Jahren ein enger Freund von ihm.

Nie zuvor ertappte sich Mellendorf in den Wochen nach einem Urlaub so häufig dabei, dass seine Gedanken immer wieder dorthin zurückkehrten. Er trauerte den Tagen an der französischen Mittelmeerküste nach, sehnte sich danach, wieder die warme Sonne des Südens zu spüren, rauchend am Boulevard de la Croisette zu sitzen und den hervorragenden Wein der französischen Südküste zu genießen.

»Maritt, lass nochmals eine Kiste des Cabernet kommen!«, hatte er seine Sekretärin gebeten, die bereits mit einem der Winzer direkt an der französischen Küste in Kontakt getreten war.

Zwar wusste er, dass das Bouquet, der typische Geschmack des Weines und dieses unanständige Prickeln auf der Zunge längst nicht nur mit dem Produkt zu tun hatten, jedoch wollte er auf diese Weise seine ständig präsenten Urlaubserinnerungen wieder aufleben lassen. Nach der zweiten oder dritten Flasche Wein ließ er es sogar zu, dass er und seine Sekretärin sich ein wenig näher kamen.

Er hatte die gut aussehende Holländerin, die stets hohe Absätze trug und ihre langen Beine mit einem kurzen Rock unterstrich, zu einem Glas des gerade angelieferten Weines in sein Büro eingeladen. Maritt Pescort wollte zunächst ablehnen, erkannte aber in den blauen Augen ihres Chefs, dass er sie an diesem frühen Abend nicht einfach würde ziehen lassen.

Zu mehr als einem Tête-à-Tête war es aber nicht gekommen. Mellendorf hatte Maritt lediglich die Schuhe ausgezogen, nachdem sie ihm berichtet hatte, ihre Füße würden heute besonders schmerzen. Am Abend zuvor hatte sie japanische Geschäftspartner durch das riesige Unternehmensgelände geführt. Mellendorf hatte sie darum gebeten, hatte er selbst doch nur wenig Lust dazu empfunden. Stundenlang war Maritt mit den Gästen durch die öffentlichen Bereiche gelaufen, hatte auf Englisch bzw. Japanisch erläutert, auf welchen Säulen Oiltravspor stand, die Personalführung ihres Chefs erklärt und dem Bild von einem perfekten Unternehmen wieder ein Mosaiksteinchen hinzugefügt. Schuldbewusst hatte Mellendorf seiner Sekretärin kurzerhand die Füße massiert, dann jedoch diesen gemeinsamen Abend jäh beendet.

Maritt war gewitzt genug, sich nicht anmerken zu lassen, dass sie sich mehr gewünscht hätte.

Statt erbost zu sein, drehte sie sich an der Bürotür noch einmal um und sagte zu Mellendorf: »Chef, Sie sind ein guter Vorgesetzter, ein erfolgreicher Industrieller und ein charmanter Gastgeber. Aber wissen Sie, was Sie noch besser beherrschen als die Leitung Ihres Unternehmens?«

Mellendorf zog die Schultern hoch und setzte eine fragende Miene auf.

»Füße massieren!«, sagte die Holländerin keck, zog die Tür hinter sich zu und wusste, dass sie mit ihrem Kompliment den richtigen Ton und den richtigen Moment gefunden hatte ...

Mellendorf musste lachen und fühlte sich gleichzeitig geschmeichelt.

»Ein schönes Kompliment von einer schönen Frau!«, dachte er sich im Stillen und fühlte sich mehr denn je an die Tage an der Côte d'Azur erinnert.

»Danke Maritt«, rief er ihr nach, nachdem er mit einem Sprung zur Tür geeilt war.

»Ein französischer Abend«, murmelte Mellendorf und entschwand in Gedanken auf eine der Yachten, die zwischen Monaco und Marseille zu Tausenden an der Küste vor sich hin wippten und alle ihre eigene Geschichte Nacht für Nacht neu zu erzählen wussten. Geschichten, die für den Deutschen wie gemacht schienen und die der Beginn waren für eine Story, die Mellendorf niemals zuvor für möglich gehalten hätte. Längst befand sich der Industrielle in einem Netz des Verderbens, aus dem es für ihn kein Entrinnen mehr geben sollte.

2

Es war ein Wunder, dass sich der Milliardär in diesem Frühsommer gleich zwei Wochen freinahm und sich in Cannes einmietete. Maritt Pescort hatte ihm in einem First-Class-Hotel an der Côte d'Azur eine Suite reserviert und Mellendorf wie immer alle Unannehmlichkeiten abgenommen, die mit der Planung einer Reise zusammenhängen. Ihre Hoffnung, vielleicht doch mitreisen zu dürfen, wurde zwar enttäuscht, doch ließ sie es sich nicht nehmen, ihren Chef mit einem Küsschen auf die Wange zu verabschieden.

»Rutschen Sie in nichts rein ...«, meinte sie vielsagend.

Mellendorf hatte gekontert: »Maritt, Sie wissen doch: Sie haben die schönsten Füße!«

Doch die Holländerin wusste, dass ihr Vorgesetzter schönen Frauen zugeneigt war, dass sie seine Augen geradezu gefangen nahmen.

»Sie stehen in der Verantwortung, einen der wichtigsten Konzerne des Kontinents zu leiten. Sie haben Geld, das Sie niemals in Ihrem Leben werden ausgeben können. Das sind die Voraussetzungen für größte Erfolge, aber Sie geraten eben auch in das Blickfeld von Menschen, die Ihnen nicht wohlgesonnen sind und die Ihnen keinen einzigen Ihrer Euros gönnen. Passen Sie auf sich auf, wenn Sie dort unten am Strand liegen –

vor allem, wenn ich nicht bei Ihnen bin und auf Sie achtgeben kann.«

Mellendorf hatte Maritt aufmerksam zugehört.

»Nehmen Sie sich nicht vielleicht ein wenig zu wichtig?«, meinte er nicht ohne Sarkasmus.

Maritt wurde rot.

»Chef, Sie wissen, wie ich das gemeint habe. Ich mache mir nur ein wenig Sorgen, wenn Sie dort unten so durch die Gegend streifen wie ein Nullachtfünfzehn-Tourist. Sie sind mir zu locker! Seien Sie bitte vorsichtig. Wenigstens das müssen Sie mir versprechen.«

Mellendorf schloss Maritt kurz in die Arme und drückte die hübsche Blondine an sich.

»Ich werde heil zurückkehren zu Ihnen. Und das nächste Mal nehme ich Sie mit«, sagte er leise.

Er bekam nicht mit, wie eine Träne über ihre Wange floss.

Mellendorfs Flieger landete in Nizza. Als er die First Class verließ, stand die schwarze, spiegelblank gewienerte Limousine schon für ihn bereit, um ihn in rund vierzig Minuten in das schneeweiße »Palasthotel« direkt an der Küste zu bringen. Er hätte auch seinen Privatjet nehmen können, liebte es aber, mal weniger schnell unterwegs zu sein.

Mit einem eindringlichen Blick musterte der deutschholländische Unternehmer kurz den dunkel gebräunten Fahrer.

»Vorsicht!«, schoss es ihm durch den Kopf.

Doch dann schob er die Ängste beiseite, mit denen ein Mann seines Formats regelmäßig zu kämpfen hatte und die auch nicht unbegründet waren, und lehnte sich bequem in seinem klimatisierten Sitz zurück.

»Maritt macht sich viel zu viele Gedanken. Ich bin Milliardär, sicherlich. Aber ich bin lediglich bekannt und nicht berühmt.«

Mit wenigen Handgriffen stellte Mellendorf die Position des lederbezogenen Sitzes auf seine Bedürfnisse ein, sodass seine Beine nahezu schwerelos auf dem ausgefahrenen Fußteil lagen. Er spähte durch die getönten Scheiben der Mammutlimousine hinaus aufs Meer, das sich an der Autobahn auftat, und spürte die Wärme des südeuropäischen Klimas. Aus dem Radio trällerte ein französisches Chanson. Mellendorf konnte endlich abschalten.

Als er die Suite im Hotel betrachtete, nickte Mellendorf zufrieden. Er schlenderte durch die Räume und sah befriedigt die vielen Details, die die Suite modern und zugleich wohnlich erschienen ließen. Besonders das weiße Ledersofa an der riesigen Fensterfront hatte es ihm angetan. Von dort aus konnte er hinaus aufs türkisfarbene Meer schauen und das Treiben unten am Strand direkt verfolgen. Selbstverständlich war dieser nur den Reichsten der Reichen vorbehalten.

Frank Mellendorf konnte schnell trennen zwischen tatsächlicher High Society und dem Mob. Für Letzteren hatte der deutsche Milliardär, der schon mit 22 Jahren Frankfurt verlassen hatte, um sein Vermögen in den Niederlanden zu machen, nur ein müdes Lächeln übrig. Doch diese Snobs waren ihm auch nicht lästig, hatte er doch selbst klein begonnen, und außerdem waren da noch die hübschen Mädchen. Mehrmals schon war es ihm auf seinen Geschäftsreisen gelungen, den Jungmillionären eine der Damen auszuspannen, auch wenn er die Liaison zumeist nach ein, zwei Nächten wieder beendete. Zeit für eine feste Beziehung hatte Mellendorf nie gefunden oder besser gesagt: Er hatte auch nie danach gesucht.

Der Milliardär streckte sich auf dem langen weißen Sofa aus und erinnerte sich an das vergangene Jahr. In einem schicken weißen Anzug mit schwarzem Hemd und schwarzer Krawatte hatte er sein Hotel verlassen, um bei den Filmfestspielen die Stars aus den Staaten zu treffen. Regisseur Mc Lorey stellte ihm alle vor. Großen Gefallen hatte der Deutsche vor allem an den Models seiner neuen Heimat gefunden. Schöne Frauen eben ... Aber auch diese Treffen waren an jenem Abend schnell zur Nebensache geworden.

Bei einer kleinen Party an Bord der Yacht La Prestige hatte er die dunkelhaarige, langbeinige Merige kennengelernt. In ihrem wunderschönen braunen Kleid mit bunten Applikationen, das nur das Nötigste verdeckte, war sie ihm an Bord des fünfzig Meter langen Schiffs sofort ins Auge gefallen. Frank Mellendorf hatte nur wenige Minuten gebraucht, um mit ihr ins Gespräch zu kommen. Sie hatte ihm nicht die kalte Schulter gezeigt, sondern genoss es vielmehr, umschwärmt zu werden.

Mit Frauen verstand sich Mellendorf ebenso gut wie mit dem Umgang mit Geld. Sein Augenmerk galt aber immer dem Erfolg seines Unternehmens. Alles andere rangierte dahinter. In diesen Minuten an Bord der La Prestige war es jedoch anders. Frank zog die hübsche 30-Jährige an einen Tisch und trank mit ihr ein, zwei Gläser Champagner. Die junge Frau war angetan vom Charme des Deutschen, seiner Ausstrahlung und natürlich seinem Vermögen.

Mehr als ein gemeinsames Abendessen mit Geturtel und tiefen, innigen Blicken wurde aber schließlich nicht daraus, auch wenn sich beide mehr gewünscht hätten. Ein heftiger Streit des Bootsinhabers mit einem angetrunkenen Gast beendete die Party schlagartig. Das alles lag ein Jahr zurück.

Als Mellendorf auf der weißen Hotelcouch die Augen wieder öffnete, sah er hinaus auf die Lichter der vielen kleinen Restaurants. Auf dem Meer schipperten die Yachten, am Hafen war reges Treiben angesagt. Er musste eingenickt sein. Seine Rolex verriet ihm, dass er wohl drei Stunden geschlafen hatte. Ein Phänomen, das sich bei ihm in den vergangenen Jahren eingestellt hatte: War er früher quer über die Ozeane gechattet, ohne auch nur an Schlaf zu denken, so machte ihn inzwischen schon ein nicht einmal eineinhalbstündiger Flug müde. Todmüde.

»Ich werde langsam alt«, dachte er sich, als er die Brause der Dusche anstellte.

Aus dem vergoldeten Wasserhahn prasselte ihm das lauwarme Wasser entgegen und perlte in großen Tropfen von seiner Haut. Die Gefühle, die ihn beim Duschen überkamen, verglich er stets mit einem Orgasmus. Das klare Wasser, das er zwischendurch kurz auf kalt stellte, regenerierte seinen Körper und seinen Geist gleichermaßen.

Dreißig Minuten später stand Frank in einem schicken dunklen Zweireiher mit weißem Hemd und lilafarbener Krawatte ausgehfertig in der Tür seiner Suite und blickte noch einmal in die Räume, die Maritt für ihn für die nächsten zwei Wochen gemietet hatte. Seine Gedanken schweiften zurück zum Beginn seines

Aufstiegs, zum Start seiner Karriere als Ölmagnat. Damals hatte er von solchen Suiten nur geträumt – und sie in die Collage seiner Ziele aufgenommen. Inzwischen gehörten sie während seiner Geschäftsreisen längst zum vollkommen normalen Standard.

»Wer aber braucht das?«, dachte er sich und hörte sich laut sagen: »Ich!«

Dabei musste er lachen. Mit den Gedanken bei den schönen Füßen seiner Sekretärin zog er die Türe zu, die kaum vernehmbar ins Schloss fiel.

»Wohin darf ich Sie bringen?«, fragte der Liftboy.

»In die Lobby«, entgegnete Mellendorf gedankenverloren und schroff zugleich.

3

Als sich die Tür des Aufzugs öffnete, realisierte Mellendorf erstmals die große Eingangshalle des Hotels. Die beiden riesigen Kronleuchter tauchten die Lobby in ein warmes, diffuses Licht. Zwischen den Größen aus Hollywood war der Unternehmer eher ein Unbekannter. Mellendorf war das nur recht, wollte er sich doch vor allem erholen.

An der Theke hörte er, wie zwei Damen gerade eincheckten. Die Frauen waren rund dreißig Jahre jünger als er. So schätzte Mellendorf sie zumindest. Eine Zeit lang verweilten seine Augen noch auf den Beinen der beiden, die sich in schicken Kostümen rückseitig vor ihm aufgebaut hatten.

»Das kommt mir ja wie gerufen«, dachte Mellendorf, als diese eine Suite buchten, die auf derselben Etage lag wie seine.

Wieder einmal musste er an die Füße Maritts im fernen Holland denken. Und dabei blieb es nicht.

»Ich werde den Rest erkunden müssen. Vorher hören diese Gedanken nicht auf.«

»Frank! Hier!«, riss ihn plötzlich eine laute Stimme aus seinen Gedanken.

»Michael«, rief Mellendorf lautstark, sodass sich die beiden Frauen umwandten und sofort zu tuscheln begannen. Kein Zweifel: Sie hatten ihn erkannt, zogen ihre Röcke zurecht und versuchten, ein möglichst graziles Bild von sich abzugeben. Oder aber war es Mc Lorey, dem die staunenden Blicke galten?

»Egal«, dachte sich Mellendorf und war in Sekunden gedanklich nicht mehr bei den hübschen Damen. Nahezu ein Jahr war es her, als er Michael Mc Lorey zum letzten Mal gesehen hatte. Das tägliche Telefonat der beiden war zwar selten ausgeblieben, wurde aber mit der Zeit zum Online-Chat über den privaten Browser in Mellendorfs Unternehmen. Um sich öfter zu treffen, fehlte sowohl dem Unternehmer als auch dem Regisseur die Zeit.

Beide fielen sich um den Hals und begrüßten sich herzlich.

»Ça va?«, empfing Mc Lorey seinen Freund, und der Deutsche entgegnete ihm launig: »Sprich gefälligst Englisch oder Deutsch mit mir!«

Beide lachten laut, wussten sie doch, dass sie des Französischen nicht wirklich mächtig waren.

Nur wenige Minuten später standen sie an der Bar des Hotels und hatten einen Sudden Comfort in der Hand.

»Oh, Frank, schön, dass du wieder den Weg hierher gefunden hast. Wie lange wirst du dieses Mal bleiben? Drei Tage, zwei oder nur einen?«, fragte der Amerikaner mit seiner tiefen, markanten Stimme und konnte ein schelmisches Grinsen nicht verbergen, kannte er doch die schier übermächtige Arbeitswut seines Freundes nur zu genau.

»Zwei Wochen! Und wenn ich es für nötig, wichtig und schön halte, hänge ich ganz spontan noch eine dritte oder vierte dran«, erwiderte der Deutsche.

Er sollte recht behalten.

In der Hotellobby wurden die Kronleuchter weiter heruntergedimmt. Ein klares Zeichen für nahezu jedermann: Die Croisette lockte, Cannes Partymeile am Hafen, die seit der Entstehung des Filmfestivals in den vergangenen Jahrzehnten so viele Geschichten geschrieben hatte. Entlang der vielen kleinen Restaurants schlenderte die Prominenz oftmals unerkannt zwischen den Touristen umher, die ihre Augen zwar aufhielten, jedoch ihre Helden live oft gar nicht erkannten.

Auch Regisseur Michael Mc Lorey und Ölmagnat Frank Mellendorf verließen an diesem Abend das Hotel. Sie stiegen in eine schwarze Stretch-Limousine und ließen sich die wenigen Meter vom Hotel den Boulevard hinauf zur schwarzen Yacht des Hollywood-Stars chauffieren. Der mächtige Motor dröhnte dumpf, als der Fahrer leicht Gas gab, um die Einfahrt des Hotels zu verlassen. Sechs Liter Hubraum und 550 PS wirkten, um für ein standesgemäßes Verlassen der Anlage zu sorgen. Die Aufmerksamkeit war dem Fahrzeug sicher, doch weder Mc Lorey noch Mellendorf legten es darauf an, gesehen zu werden. Von außen konnte niemand erkennen, wer in diesem Ungetüm saß.

Den nächsten Whisky in der Hand betrachteten Mc Lorey und Mellendorf den Sternenhimmel des Luxusautos und unterhielten sich über die vergangenen zwölf Monate, in denen beide ihr ganzes Leben dem Beruf untergeordnet hatten.

»Ich brauche diese kreative Pause wie nie zuvor«, stöhnte der Regisseur, der erst vor rund sechs Monaten mit ›The Unknown – das Unbekannte‹ einen Millionenseller an den Kinokassen gelandet hatte.

Für Mellendorf, der den Film mehrmals gesehen und von Mc Lorey einen Director's Cut geschickt bekommen hatte, war es ein ganz normaler Kinostreifen gewesen. Ein guter – selbstverständlich, drehte Mc Lorey in seinen Augen doch nur sehenswerte Filme. Doch mehr hatte er nie in diesen Film hineininterpretiert. Die internationale Presse hatte Mc Lorey nach dem Streifen jedoch zu einem absoluten Gott unter den Regisseuren aufsteigen lassen. Er wurde seitdem in einem Atemzug mit Steven Spielberg genannt, fand aber aus seiner eigenen Sicht den Vergleich mit Quentin Tarantino viel passender. Dennoch war Mc Lorey in dieser Zeit klar geworden: Um mehr zu sein als all die anderen großartigen Filmemacher, musste er sich auf ein Terrain begeben, das für sich zu erkunden noch keiner je gewagt hatte. Die Ideen sprudelten aus seinem Hirn und die Umsetzung des perversesten Gedankens hatte längst begonnen.

Als das über acht Meter lange Fahrzeug vor der Yacht des Regisseurs vorfuhr, standen die Matrosen bereits parat. Die Tür wurde per Funk geöffnet, eine dunkelhäutige Schönheit im weißen Minikleid reichte zunächst dem Hollywood-Star, dann auch Mellendorf die Hand. Die Freunde gingen an Bord.

Rote Sofas, bestens geeignet für eine Schiffsreise voller Dekadenz, empfingen den Milliardär. Er war gegenüber Mc Lorey zwar der deutlich Reichere, jedoch war ihm Glamour dieser Art über viele Jahre fremd gewesen. Nicht dass ihm der Reichtum unangenehm gewesen wäre. Aber er hatte das nicht erwartet. Im Vorjahr waren die Freunde noch in einem kleinen Schnellboot über die mediterrane See gerauscht. Das war so ganz nach dem Geschmack Mellendorfs, der den Großteil seines Geldes lieber in Investitionen für sein Unternehmen pumpte als in Luxusgüter wie diese Yacht.

Mehr als fünfzig Gäste hatte Mc Lorey geladen. Zum Teil B- oder C-Stars aus Amerika, zum Teil einfach nur junge, hübsche Frauen aus Südfrankreich, die sich auf leichte Art und Weise hier ihr Geld verdienten.

Im Herzen des Schiffes schenkte der Kellner Mellendorf Stunden später den x-ten Whisky ein. Längst hatte er aufgehört zu zählen, der wievielte es an diesem Abend, in dieser Nacht war. Aber irgendwann dachte er, dass es an der Zeit sei zu gehen, und er schnippte nach dem Chauffeur. Zum Abschied kniff er Michael Mc Lorey noch kurz in den Allerwertesten, um dann von Bord zu wanken.

»Die Côte d'Azur ist schon jetzt wieder die richtige Entscheidung gewesen«, grinste er in sich hinein und sank in die weichen Sessel der Limousine.

Mc Lorey sah ihm nach, bis das Auto von der Croisette in Richtung Hotel abbog. Noch war Zeit. Viel Zeit. Und sein erster Schritt für die kühnste, ja verwegenste Tat seines Lebens war bereits organisiert.

Als Mellendorf am nächsten Morgen erwachte, war ihm speiübel. Den Kopf auf den linken Arm gestützt lehnte er sich in Richtung des Nachtkästchens. Er quälte sich nach oben und spürte, wie ihm der Kopf dröhnte. Außerdem hatte er gegen seine sonstige Gewohnheit nackt geschlafen. Um ihn herum lag seine Kleidung wild verstreut. Seine Anzughose hing mit einem Bein über einem Stuhl, Hemd und Krawatte konnte er auf den ersten Blick überhaupt nicht sehen und seinen Slip fand er im Bett.

»Oh, mein Gott, scheiß Alkohol«, jammerte Mellendorf.

Er drehte den Kopf auf die andere Seite und sah, dass er das riesige Wasserbett komplett durchwühlt hatte. Mellendorf atmete tief aus.

Plötzlich hörte er Stimmen aus dem Badezimmer dringen und Wassergeplätscher. Mit einem Sprung katapultierte er sich aus dem Bett. In seinem Kopf federte es, als würde jemand mit seinem Gehirn Badminton spielen. Jeder einzelne Whisky machte sich in seinem Schädel bemerkbar. Seine Haare standen zerzaust nach oben. Mellendorf versuchte, das Hämmern in seinem Kopf zu ignorieren, und lauschte den Geräuschen im Badezimmer.

Die Stimmen waren wieder verstummt, jedoch strömte aus der Dusche weiterhin Wasser. Kurzzeitig überlegte er, nach dem Telefonhörer zu greifen und an der Rezeption um Unterstützung zu bitten, ja um Hilfe zu rufen. Den Gedanken aber ließ er schnell wieder fallen, wollte er sich doch nicht blamieren.

Während er sich mit langsamen Schritten dem Badezimmer näherte, schaute sich Mellendorf nochmals um. Er suchte nach Hinweisen, was in den vergangenen Stunden in seiner Suite passiert sein könnte. Dann hörte er Gelächter. Es war ganz eindeutig das Lachen zweier Frauen, jedoch verstand er kein Wort von dem, was gesprochen wurde. Immer wieder kicherten die Frauen, doch das Plätschern des Wassers und das Rauschen des Wasserhahns überdeckten alles, sodass er sich kein Bild von dem machen konnte, was dort drinnen vor sich ging.

Mellendorf überlegte, was er tun sollte. Ohne jede Hast, aber mit einem mulmigen Gefühl im Bauch ging er immer näher zur Badezimmertür. Langsam drehte er am Türknauf, bis die Tür einen winzigen Spalt offen war. Das Wasser wurde abgestellt. Er stieß mit dem Fuß gegen die Tür und blickte in die Augen zweier splitternackter Mädchen. Sie konnten sich ihr Lachen nicht verkneifen, als sie ihn so unbekleidet vor sich sahen.

»Guten Morgen, Frank«, hallte es ihm entgegen.

»Gut geschlafen?«, fragte eine der beiden und hüllte sich gekonnt in ein viel zu kurzes Handtuch.

Nun erkannte Mellendorf die zwei hübschen Blondinen wieder. Am Abend zuvor hatte er sie in der Hotellobby noch angehimmelt, ehe ihn Mc Lorey aus seinen Tagträumen gerissen hatte. Er wollte sie gerade fragen, was sie in seinem Badezimmer zu suchen hätten, als ihm eine der beiden bereits im Arm lag und begann, ihn voller Leidenschaft zu küssen. Zunächst wollte er sich dagegen wehren, was jedoch ohne Erfolg blieb. So ergab sich Mellendorf kurzfristig seinem Schicksal und scheute sich nicht, nun auch die andere intensiv zu küssen. Vergessen waren die verheerenden Kopfschmerzen, die ihn noch Minuten zuvor gequält hatten.

Mellendorf ließ sich auf das Bett drängen, doch dann übernahm sein scharfer Verstand wieder die Regie.

»Was ist passiert?«, erkundigte er sich.

»Dumme Frage«, entgegnete die eine der Frauen.

Sie erhoben sich, gingen ohne einen weiteren Kommentar wieder ins Bad und kamen wenige Sekunden später mit einem knappen schwarzen Cocktailkleid bekleidet wieder heraus. Mit einem »Salü!« zogen sie die Tür der Suite hinter sich zu, während Mellendorf sich verwundert im Bett aufsetzte und merkte, wie seine Erektion langsam wieder verschwand.

Er konnte nicht glauben, was er gerade erlebt hatte, versuchte das Geschehene zu rekapitulieren. Er ließ das, an das er sich noch erinnern konnte, Revue passieren, konnte sich aber nur noch an die Party erinnern und an die Limousine, die ihn ins Hotel gebracht hatte. Das war alles, was Mellendorf zu den vergangenen Stunden noch einfiel. Ansonsten herrschte in seinem Kopf Leere. Hatte er Sex mit den beiden gehabt? Wo hatte er sie kennengelernt? Hatte er sie mit zu sich aufs Zimmer genommen? Hatten sie weiter Alkohol getrunken? Oder gar gekokst, wie es ihm Mc Lorey schon auf der Party vorgeschlagen, was er aber abgelehnt hatte?

Wieder wanderte sein Blick durch die Suite. Doch mehr als seine verstreuten Klamotten konnte er nicht sehen. Keine umgekippten oder leeren Weinflaschen, keine Spur von Drogen. Überhaupt gar nichts, was auf eine Orgie hinwies.

Während Mellendorf nach seinen Kleidungsstücken griff, schaltete sich hinter ihm lautlos eine kleine Kamera ab.

4

Selbstzweifel nagten an Mellendorf, als er wenig später seine Suite verließ. Ein Unternehmer seines Ranges durfte sich einen solchen Aussetzer einfach nicht erlauben. Ihn plagten Gewissensbisse, zumal er nicht einmal die Namen der Frauen wusste. Seine einzige Hilfe, um beide wiederzufinden, so dachte sich Mellendorf, würde die Rezeptionistin sein, bei der die Mädchen am Tag zuvor eingecheckt hatten.

»Oh, Mann, wie recht hatte Maritt doch gehabt«, schoss es ihm durch den Kopf, »ich bin tatsächlich viel zu leichtsinnig!«

Er schwankte über den roten Plüschteppich des Flurs und sah die Picasso-Kunstdrucke an den Wänden, ohne diese zu realisieren. Auch die kleinen Bordüren, die die zahlreichen Bilder miteinander verbanden und dem Gang eine wohlige, warme Atmosphäre einhauchten, fielen ihm nicht wirklich auf. Erst als er den Aufzug erreicht hatte und der Liftboy ihn ansprach, fand er wieder in diese Welt zurück.

Mellendorf stellte erst jetzt fest, dass er einen frischen Anzug aus dem Schrank genommen hatte und unter dem blauen Sakko ein weißes, sportliches Hemd trug. Zu sehr waren ihm immer wieder die Gedanken entglitten, als dass er sich auf ein schickeres Outfit hätte konzentrieren können. Die vergangene Nacht ließ ihm keine Ruhe.

Der Liftboy drückte den Knopf mit dem schwarzen Aufdruck »Erdgeschoss« und die Türen des Aufzugs schlossen sich langsam, ehe sie einrasteten und sich der schwere, komplett verspiegelte Treppenersatz in Bewegung setzte.

Der schwarzhaarige, muskulöse junge Mann beobachtete die geschlossene Fahrstuhltür. Noch ein paar Augenblicke hielt er sich hinter einer großen Tropenpflanze versteckt und wartete, bis sich der Aufzug in Richtung untere Etagen verabschiedet hatte. Dann gab er das Signal. Mit einem Schnippen zeigte er seinen beiden Kollegen an, dass die Luft im 20. Stock des Hotels rein war. Ein kurzes Verweilen, ein Horchen noch, dann setzten sich die drei mit schnellen Schritten in Bewegung – zur Suite von Mellendorf. Picassos Replikate interessierten sie genauso wenig wie die Tatsache, dass ein junges Pärchen lachend an ihnen vorbeilief. Nur einen kurzen Blick warfen sie den beiden zu, die sich aneinanderdrückten, wieder losließen und sich stolpernd und glucksend durch den Flur schubsten – bedeutungslos für das Vorhaben der drei. Hätten sie auch nur den leisesten Verdacht geschöpft, wäre es ihnen ein Leichtes gewesen, dem Paar kurzerhand den Hals umzudrehen.

So aber ließen sie sie gewähren und sich von ihrer Mission nicht abbringen. Mc Lorey sollte schließlich mit ihnen zufrieden sein. Keiner hatte gewagt, sie am Eingang des Hotels aufzuhalten, waren sie doch im Beisein des Regisseurs in die Halle gelangt und somit über jeden Verdacht erhaben gewesen, sie könnten nicht zum Kreis der Superreichen gehören. Ein kurzes Nicken Mc Loreys zu den Bodyguards hatte bereits gereicht, um die Pforten des »Palasthotels« zu öffnen. Und so hatte niemand verhindert, dass das hollywoodreife Prozedere an diesem Tag seinen Startschuss erhalten hatte.

Mc Lorey selbst war es gewesen, der die vorbereitenden Arbeiten in der Suite Mellendorfs erledigt hatte. Das Wichtigste war, die ferngesteuerte Kamera so zu positionieren, dass keines der Zimmermädchen auch nur den Hauch eines Verdachtes schöpfen konnte. Andererseits musste das hochentwickelte Filmequipment auch in der Lage sein, perfekte Bilder für den neuesten Mc Lorey-Streifen zu produzieren. Ein Drahtseilakt, der den Regisseur viele Nerven und sehr, sehr viel Geld gekostet hatte. Doch selbst dann, wenn sein gesamtes Vermögen für diesen Streifen draufgehen sollte: Es war sein einziges, sein letztes Ziel, diesen Film verwirklichen zu können.

Frank Mellendorf stieg aus dem Aufzug, als dieser das Erdgeschoss erreicht hatte, und drückte dem Bediensteten zehn Euro in die Hand. Großzügig war er schon immer gewesen, vor allem gegenüber Menschen, die er als bemitleidenswert erachtete. Der Hotelangestellte nahm den Schein dankend an und wünschte Mellendorf einen schönen Tag. Dieser verdrehte die Augen und winkte ab.

Bereits von hinten erkannte Mellendorf die grauen Haare Mc Loreys, der es sich in der Lobby gemütlich gemacht hatte. Auch er schien nicht lange geschlafen zu haben.

»Gealtert!«, ging ihm durch den Sinn, ohne diesem Gedanken irgendeine Bedeutung zuzumessen.

Altern war für den Deutschen keine Assoziation, die er als Nachteil empfand. Im Gegenteil. Er verband das Altern mit Reife, mit Lebenserfahrung, mit all dem, was ihn als Unternehmer auszeichnete. Dass dieser Prozess auch mit ein paar grauen Haaren einherging, war für ihn eine logische Konsequenz.

Eingehend hatte Mellendorf in den vergangenen Monaten die Filme des Hollywood-Stars studiert und fand, dass seine Arbeiten kontinuierlich besser geworden waren. Mc Lorey gelang es einfach immer wieder, neue, ungewöhnliche Wege zu beschreiten. Nur so war es auch zu erklären, warum ausgerechnet Mc Loreys Arbeiten die Kinokassen klingeln ließen, während andere Filmemacher sich darüber beklagten, dass die heutige Welt »einfach nicht mehr die sei wie einst«, als das Fernsehen noch keine Konkurrenz für das Kino darstellte.

Der Deutsche beschloss, Mc Lorey erst später aufzusuchen und sich an der Rezeption zunächst nach den beiden Mädchen zu erkundigen. Schnell hatte er die Angestellte gefunden, bei der sie seiner Meinung nach am vorangegangenen Tag ihren Schlüssel in Empfang genommen hatten.

»Aber Sie müssen sich doch an die Damen erinnern? Sie haben wie ich eine Suite in der 20. Etage!«

»Es tut mir außerordentlich leid, Herr Mellendorf, aber in dieser Etage gibt es außer der Ihren keine weitere Suite, nur Zimmer. Zudem kann ich mich nicht entsinnen, dass dort zwei Damen eingecheckt hätten.

Tut mir wirklich leid, dass ich Ihnen nicht weiterhelfen kann.«

»Aber ...«

Mellendorf verschlug es vorübergehend die Sprache, schwand doch seine einzige Hoffnung dahin, die beiden Mädchen wiederzusehen und sie nach den vergangenen Stunden zu fragen. Unsicherheit machte sich in ihm breit, ein Gefühl, das der Deutsche hasste wie nichts anderes.

»Eine Namensliste? Herr Mellendorf, ich bitte Sie! Wären Sie begeistert, wenn wir Ihren Namen und Ihre Zimmernummer an andere Gäste weitergeben würden? Stellen Sie sich nur vor, es würde jemand nach Ihnen suchen? Soll ich in diesem Fall auch Ihre Zimmernummer an einen Fremden weitergeben? Nein. Das, was Sie von mir verlangen, ist unmöglich. Ich möchte Sie bitten, sich an unseren Manager zu wenden. Jedoch wird auch er Ihnen nichts anderes sagen können.«

Mellendorf war sichtlich verärgert. Mit wenigen Schritten erreichte er Mc Lorey und fasste ihn rau am Arm. Der scheinbar überraschte Regisseur erschrak kurz und zuckte zusammen.

»Was soll das?«, knurrte er.

Er hatte zwar auf Mellendorf gewartet, ihm aber nicht diesen Eindruck vermitteln wollen. Längst hatte er das Zwiegespräch zwischen Mellendorf und der Hotelangestellten mitbekommen, ließ sich das aber nicht anmerken. Vielmehr hatte er amüsiert verfolgt, wie der Deutsche gegenüber der Angestellten aufgetreten war und sich an ihr die Zähne ausgebissen hatte.

»Welch ein Anfänger!«, hatte sich der Regisseur gedacht und die Blamage des Milliardärs gedanklich bereits für seinen angedachten Streifen szenisch eingeplant.

»Sorry«, sagte Mellendorf kurz, um seinen Freund sofort zur Seite zu ziehen.

»Du wirkst aufgeregt, Frank. Ist etwas passiert?«

Mellendorf zuckte die Schultern.

»Ja. Und doch auch nein. Oder besser gesagt: Ich weiß es nicht!«

Er ließ sich in einen der weißen Sessel der, wie er es empfand, viel zu großen Lounge fallen.

»Ich kann es mir nicht erklären«, sagte er kurz.

»Was?«, fragte Mc Lorey.

Mellendorf gab ihm einen nicht zu detaillierten Einblick in das, was er in den vergangenen Stunden erlebt hatte. Zumindest in den Stunden, an die er sich noch erinnern konnte.

»Aber das ist doch fantastisch!«, sagte der Regisseur. »Wie im Film! Du bist ein schier unglaublicher Glückspilz und machst hier ein Gesicht, als wäre die Welt untergegangen. Du hattest Sex mit zwei bildhübschen jungen Dingern, wohlgemerkt auf einmal, du hast dir einen supertollen Rausch angesoffen und bist in einer wunderbaren Suite, die noch dazu deine eigene ist, aufgewacht. Was willst du eigentlich noch mehr?«

Mellendorf stöhnte.

»Eine Erinnerung an all diese schönen Dinge? Vielleicht das?«

Mc Lorey grinste.

»Dann wiederhol das Ganze in der nächsten Nacht, nur sauf dich vorher eben nicht so zu. Dann wirst du dich auch erinnern können und musst hier nicht auf Mitleid machen!«

»Aber ...«

Mc Lorey änderte den Tonfall. Er gab Mellendorf zu verstehen, dass er keine Lust darauf hatte, sich mit Sorgen zu beschäftigen, die keine wirklichen waren. Zumindest vermittelte er dem Deutschen diesen Eindruck, der dadurch weniger nachdenklich wurde. Mellendorfs Blick wanderte wieder zur Rezeption. Dieses Mal jedoch gewahrte er nicht die hübschen Beine zweier Frauen. Vielmehr sah er zwei Handwerker in Latzhosen zum Aufzug laufen. Der große, lange Sack in ihren Händen musste mächtig schwer sein. Ehe er sich aber darüber Gedanken machen konnte, was wohl darin war, riss ihn Mc Lorey aus seinen Grübeleien.

»Los jetzt!«

Er zog ihn in Richtung Ausgang und schnippte unmerklich mit den Fingern. Daraufhin beschleunigten die beiden Handwerker ihren Gang. Nur schwer konnte er die Wut, die in ihm aufstieg, hinter seiner schwarzen Sonnenbrille verbergen. Wenn Mc Lorey eines hasste, dann war es ein falsches Timing. Wie in seinen Filmdrehs erwartete er von seinen Angestellten Perfektion, wenn es darum ging, einen Zeitplan einzuhalten, der wichtig war. So locker er sein Leben auch gestaltete: Ihm war es mehr als nur bewusst, dass schwierige Passagen eine minutiöse Planung erforderten – sei es in seinen Hollywood-Streifen oder aber im wirklichen Leben. Dass die beiden keinerlei Gespür dafür gezeigt hatten, wann sie ihre Fracht durch die Halle des Hotels transportieren durften und wann nicht, nervte Mc Lorey. Es ärgerte ihn bis ins tiefste Mark.

Die Tür des Lifts öffnete sich und die Handwerker drängten sich mit ihrer schweren Last hinein. Während der Regisseur ihnen unauffällig nachblickte, schloss sich bereits wieder die Tür. Mit einem leichten Surren schwebte der Aufzug der nächsten Etage entgegen. Mc Lorey atmete durch. Alles war noch einmal gut gegangen. Weder die Hotelbediensteten hatten Verdacht geschöpft noch Mellendorf. Und dennoch schäumte die Wut in ihm ein weiteres Mal hoch.

Mellendorf beachtete Mc Lorey nicht. Der Deutsche wollte nur noch raus an die frische Luft. Weg von dem, was er erlebt hatte und was ihn fast aus der Bahn warf. Gemeinsam gingen beide hinaus auf die Croisette, sahen zum Strand, der bei herrlichstem Sonnenschein, strahlend blauem Himmel und Temperaturen weit über dreißig Grad lockte. Der Tag konnte seinen Lauf nehmen: vor und hinter den Türen des »Palasthotels«, das so pompös in den Himmel Cannes ragte.

Mc Lorey blickte sich noch einmal um, prüfte kurz die Häuserfront mit den Kameras, von denen kaum einer außer ihm Bescheid wusste. Nur mit seinem geschulten Auge konnte er die kleine Linse am Hauptportal des Hotels sehen. Als der Sonnenstrahl direkt hinein traf, fühlte sich der Regisseur kurzzeitig geblendet. Es war Zeit, vorwärts zu schauen, die Technik im Hintergrund würde funktionieren. Darüber brauchte er sich keinerlei Sorgen zu machen. Er drückte dem Portier, der die Handwerker auf sein Geheiß eingelassen hatte, unbemerkt einen Hundert-Euro-Schein in die Hand. Alles war glatt gelaufen.

5

Mit einem kurzen Ruck stoppte der Lift in der 20. Etage. Der Liftboy lag bewusstlos am Boden, neben ihm ein in Ether getränktes blauweißes Stofftaschentuch. Der Geruch des Narkotikums hing in der Luft und machte schwummrig, auch ohne ein direktes Inhalieren. Die zwei nahmen schnaufend den schweren olivgrünen Sack, der eine französische Flagge trug und vom Militär stammen musste, und stellten ihn vor dem Aufzug ab. Während sich einer der beiden Helfer Mc Loreys vor dem Fahrstuhl umsah, versetzte der andere dem Liftboy einen schweren Tritt ins Gesicht. Lag er zuvor schon regungslos da, so schnellte nun der Kopf des jungen Mannes nach hinten. Blut schoss ihm aus der Nase.

»Idiot! Was soll die Scheiße?«, hallte es von draußen in den Lift. »Wisch das Blut auf und schau, dass der hier nicht den ganzen Fahrstuhl versaut! Trottel!«

Der Hüne ließ seinen Compagnon zurück, welcher gehorsam den Boden reinigte, schnappte sich den schweren Sack und schleifte ihn durch den Flur. Mit Bärenkräften packte er nach wenigen Metern kurzerhand das olivgrüne Paket, warf es sich über die Schulter und machte sich auf den Weg zu Mellendorfs Suite. Dort sollte inzwischen alles vorbereitet sein.

Den Sack auf seinen breiten Schultern ließ Ferenc Viskeletti die vergangenen Monate wie ein »Movie«, so der Jargon Mc Loreys, an sich vorüberziehen. Der 25-jährige Ungar hatte sich von allem in seiner Heimat losgesagt und war gen Mittelmeer aufgebrochen. Nach einer kurzen Zwischenstation in Rimini war er quer durchs Land gezogen, hatte sich aber in Italien aufgrund seiner schroffen Art wenig Freunde gemacht. Auch Arbeit zu finden war dem Mann nicht gelungen.

Seinen athletischen Traumkörper hatte er sich in vielen Jahren auf dem Bau im wahrsten Sinne des Wortes erarbeitet. Der Knochenjob auf den Baustellen rund um seine Heimatstadt im Herzen Ungarns hatte ihn aber auch den letzten Nerv gekostet. Nur der lange, ausgiebige Blick in den Spiegel hatte ihn die Strapazen des Tages ertragen lassen, sodass er sich doch wieder Morgen für Morgen aus den Federn quälte, um »Steine zu klopfen«, wie er es nannte.

Nachdem jedoch seine hübsche Freundin mit ihm Schluss gemacht hatte, war für ihn eine Welt zusammengebrochen. Viskeletti warf alles hin und war fortan statt auf den Baustellen nur noch in den Kneipen der Hauptstadt Budapest zu sehen. Über Wasser hielt er sich durch erbetteltes Geld: So zumindest lautete seine eigene Deutung seines Jobs als Callboy.

Nicht nur sein gut gebauter Körper, sondern auch seine Manneskraft kam ihm gelegen, um so mancher der zumeist älteren Kundschaft die gewünschte Erfüllung zu bringen. Doch auch Viskeletti wusste, dass er so nicht bis zum Ende seines Lebens die innere (und äußere) Befriedigung würde finden können.

Dabei hatte eine Freierin ihm erst vor Kurzem das größte Kompliment gemacht.

»Wenn du der Junge bleibst, der du heute bist, dann wirst du dir über Geld niemals Sorgen machen müssen!«

Sie hatte ihm zusätzlich einen Einhundert-Dollar-Schein in die Hand gedrückt und war in die große Limousine vor dem Hotel gestiegen, in dem sie die Nacht mit dem Callboy verbracht hatte. Die Dame war 72 Jahre alt. Nicht dass das Alter Viskeletti abgestoßen hätte, seinen Job zu tun. Aber er sah an der älteren Dame den Zerfall des Lebens, was auch ihn irgendwann einmal treffen würde.

So zog es ihn weg aus Ungarn, quer über den Kontinent, um schließlich im französischen Filmstädtchen Cannes auf den »Schuss des Jahrhunderts« zu warten. Der junge Ungar träumte davon, einen weiblichen Star aus Hollywood kennenzulernen, diesen zu schwängern und sich künftig nur noch vom Geld der Geliebten zu ernähren. Bilder von dekadenten Yachten, von jungen Starlets in hautengen Kleidern, die ohne Schlüpfer breitbeinig aus Stretch-Limousinen stiegen, von Oben-ohne-Models am Strand, die nur auf ihn gewartet hatten, flimmerten durch seinen Kopf. Klischees, die allesamt von der Presse, vom Fernsehen und vom Internet bedient wurden und sich fest in sein Hirn eingebrannt hatten. Meist musste Viskeletti selbst über seine Fantastereien lachen. Seinen Geist aber darauf zu trimmen, dass diese Welt nur wenig mit dem tatsächlichen Leben zu tun hatte, das wollte er nicht. Eher würde er sie für sich neu erfinden.

Als er in einer stillen, ruhigen, warmen Nacht durch Cannes zog, war ihm sofort ein älterer, gut angezogener Mann ins Auge gestochen. Er war umringt von jungen, hübschen Frauen, wie man sie aus den Kinostreifen bestens kannte. Still und leise war er dem Regisseur Michael Mc Lorey gefolgt, um vor dessen Yacht jäh gestoppt zu werden. Während der Hollywood-Star, den der Ungar nicht wirklich kannte, auf sein Schiff gegangen war, gefolgt von der langbeinigen Mädchenschar, gab es für Viskeletti keinen Weg, um ebenfalls an Bord zu gelangen. Vielmehr verwickelte er sich kurzzeitig in einen heftigen Streit mit einem der Leibwächter Mc Loreys. Bevor es jedoch zu Handgreiflichkeiten kam, hatte sich Viskeletti zurückgenommen, obgleich er wusste, dass er nicht den Kürzeren ziehen würde.

Es musste einen anderen Weg geben, um an Mc Lorey, dessen Namen er inzwischen von den Leibwächtern gehört hatte, heranzukommen. Diese Chance ergab sich schon bald. Viskeletti wartete nahe der Yacht auf Mc Lorey. Der tat ihm auch den Gefallen und verließ das Schiff nur wenige Stunden später. Seine Bodyguards wies er an, ihn allein zu lassen und ihm nicht zu folgen.

Doch nur kurze Zeit später wurde der Hollywood-Star am Hafen erkannt, davor konnten ihn auch sein weißer Hut und die dunkle Sonnenbrille nicht bewahren. Angesichts der immer mehr werdenden Menschen, die sich der Traube der Fans angeschlossen hatten, um einen Blick, ein Autogramm oder einen Händedruck zu erhaschen, wirkte er recht hilflos. Viskeletti nutzte diesen Moment.

»Verschwindet, lasst ihn in Frieden und haut ab!«

Zielstrebig bahnte er sich den Weg hindurch zu Mc Lorey, verdeckte mit seiner breiten Statur den Star und bedeutete ihm, dicht hinter ihm zu bleiben.

Lautstark und mit einigen heftigen Handgriffen verschaffte er Mc Lorey wieder Luft zum Atmen.

Während sich die Menschentraube nach und nach auflöste, fanden der Regisseur und der Ungar Zeit, einige Sätze zu wechseln.

»Danke, das war alles andere als angenehm. Fans können manchmal lästig sein, auch wenn sie Brot und Wasser des Erfolgs sind«, sagte der Regisseur und schüttelte Viskeletti heftig die Hand.

Mc Lorey war sichtlich beeindruckt von der körperlichen Kraft Viskelettis, aber auch von seiner bestimmenden Art. So war es eine Selbstverständlichkeit, dass er ihn, nachdem sich die Lage beruhigt hatte, auf seine Yacht einlud.

In den kommenden Wochen sah der Ungar seinen Traum Wirklichkeit werden. Er stieg in den Kreis der Leibwächter auf, war fortan Mc Loreys Ansprechpartner Nummer eins, lernte viel über die Arbeit eines Regisseurs am Set und – das war ihm das Wichtigste – er konnte sich auch so manches Anbandeln mit den Mädchen des Regisseurs leisten. Zwar musste der immer erst sein Okay geben, ehe sich Viskeletti mit einer der hübschen Damen in eine der Schiffskabinen verziehen durfte, das aber störte den 25-Jährigen wenig.

Während Viskeletti den Reichtum und die weiblichen Schönheiten in vollen Zügen genoss, wuchs in Mc Lorey der Gedanke, er habe in dem Ungarn mit seiner energischen Art und seiner heißen Ader genau den Jungen gefunden, den er für sein ehrgeiziges Projekt brauchte: den ersten real gedrehten Kinostreifen mit echten Morden, mit echten Mördern ... so real, wie es sich niemand jemals hätte vorstellen können, ganz abgesehen von der Person, die sich der Star-Regisseur als Täter und Opfer herausgesucht hatte. Weder einem Spielberg noch einem Tarantino war je ein so abstruser Gedanke gekommen.

In der Hall of Fame würde er zukünftig vor allen anderen genannt werden. Niemand würde ihm jemals mehr das Wasser reichen können. Niemand würde ihn in einem Atemzug mit einem anderen Regisseur nennen. Mc Lorey würde in die Geschichte eingehen als der erfolgreichste, der wahrhaftigste und der gefährlichste aller Filmemacher. Seine Zeit war gekommen.

6

In der Polizeidirektion, tief im Herzen Cannes, ein ganzes Stück von der Croisette und dem Strand entfernt gelegen, schmierte sich der Kommissar vom Dienst, Laurent Leclerc, gerade eine Schnitte, als ihn über Funk eine merkwürdige Meldung erreichte: »Ein Liftboy im ›Palasthotel‹ hat eins auf die Nase bekommen. Zudem wurde er mit Ether betäubt, kann sich aber ansonsten kaum an etwas erinnern!«

»Was habt ihr getan?«, fragte Leclerc und hoffte darauf, dass er um eine Fahrt bei der Gluthitze in das zwar wunderschöne, aber im Mittagsverkehr mindestens fünfundzwanzig Minuten entfernte Hotel herumkommen würde.

»Wir haben den Stock untersucht, auf dem es passiert ist. Der Liftboy sagte, er wisse mit Gewissheit, dass er in der 19. Etage gewesen sei! Dort war nichts Außergewöhnliches zu finden. Wir haben seine Personalien, zudem werden wir die Videomitschnitte der Überwachungskameras aus allen Etagen untersuchen lassen. Darauf sollte vielleicht etwas zu sehen sein, was uns Aufschluss gibt«, drang über Funk die Stimme des Wachtmeisters an das Ohr des Kommissars.

Leclerc war zufrieden.

»Zieht unsere Männer aus dem Hotel ab. Während des Filmfestivals können wir keine Aufregung gebrauchen, zumal ein Knockout eines Liftboys nicht gerade das ist, was die ganze Stadt in Aufregung versetzen müsste. Vielleicht hat er nur die Freundin eines Kollegen gebumst. Und der hat sich dann an ihm gerächt.«

Leclerc zündete sich eine Zigarette an. Seit vielen Jahren schon rauchte der Polizist. Die Gauloise ohne Filter schien ihm jedes Mal die Lungen zu sprengen, doch er konnte nicht davon lassen. Kaum versetzte ihn ein Fall oder eine Mitteilung – wie die soeben empfangene – in Aufregung, musste er zwangsläufig zur Zigarette greifen.

Zwischen Zeige- und Mittelfinger der rechten Hand ließ er die »Gully« wandern, ehe er sie im Aschenbecher ausdrückte und sich dabei die Finger verbrannte.

»Verdammt!«, schimpfte der Kommissar. »Scheiß Raucherei!«

Es sollte eine seiner geringsten Sorgen in den nächsten Tagen sein.

Mc Lorey und Frank Mellendorf gingen dicht nebeneinander her die Promenade de la Croisette entlang. Immer wieder wurden sie von aufgeregten Mc Lorey-Fans um Autogramme gebeten, mussten auf allem unterschreiben, was nicht niet- und nagelfest war. Mellendorf fand sichtlich seinen Spaß daran. Geduldig erfüllten sie auch die Fotowünsche und der Deutsche verweigerte sich nicht einmal, als er auf dem blanken Busen eines jungen Mädchens unterschreiben sollte.

»Du führst ein Leben«, grinste er Mc Lorey an.

Dieser konterte: »Warum sollte deines anders sein? Du hast das Zeug zum Star! Lass doch diese ganze Öl-Scheiße hinter dir, entledige dich all der Sorgen, die deine 5000 Angestellten dir jeden Tag aufbürden, schnapp dein Geld und zieh hier runter. Das ist das Leben: zwischen Gier und Geilheit, zwischen Drogen und Wahrhaftigkeit, zwischen Extremen und Normalität. Spannung pur – wie in meinen besten Filmen. Du weißt es! Ich strebe nach einem Leben, das den großen Filmen eines voraushat: Es ist real!«

So ganz hatte Mellendorf nicht verstanden, was der Regisseur ihm mitteilen wollte. Die Hitze tat ein Übriges, dass er auch nicht mehr viele Gedanken daran verschwendete und nicht nachfragte. Jedoch klangen ihm einige Worte seines Freundes noch in den Ohren. Vor allem »Geilheit« hatte sich ihm ins Hirn gebrannt. Kein Wunder, sah er sich doch an einem der schönsten Strände Europas mit unzähligen nahezu nackten Schönheiten konfrontiert.

Mellendorf und Mc Lorey schlenderten immer weiter. Längst hatten sie die Passagen erreicht, die nur den Reichen und Schönen vorbehalten waren. So war es selbstverständlich, dass sie hier nicht mehr auf Autogrammjäger stießen und etwas mehr Ruhe hatten. Der Regisseur kannte jedoch Gott und die Welt. An fast jedem zweiten der zum Großteil blau-weiß gestreiften und mit den Emblemen der großen Hotels gekennzeichneten Liegestühle blieben sie stehen und hielten Smalltalk. Klar war das traumhafte Wetter das bestimmende Thema, was Mellendorf sichtlich nervte. Immer wieder forderte er seinen Freund auf weiterzulaufen. Während er selbst noch seine braunen Nobel-Sneakers anhatte, hatte sich Mc Lorey längst seiner Flipflops entledigt und lief barfuß durch den heißen Sand.

»Pass auf, dass du dir nicht die Füße verbrennst!«, sagte Mellendorf und setzte einen ermahnenden Blick auf.

Mehr als »Ja, Papa!« kam aber nicht zurück.

Die Freunde lachten, Mellendorf schlug in die ihm von Mc Lorey dargebotene Hand ein und beide gingen weiter. Sie hatten sich viel zu erzählen, waren doch die letzten Monate ohne ein persönliches Treffen vergangen. Und die vielen Telefonate konnten die Gespräche von Angesicht zu Angesicht nicht ersetzen.

So gab Mellendorf einen tiefschürfenden Einblick in die Entwicklung seines Ölimperiums im vergangenen Jahr. Nach einer explosiven Panne an einer Ölplattform in der Nordsee nahe der Nordseeinsel Helgoland war seine Firma in den heißen Wind der Boulevardpresse geraten. Nachdem das Öl die deutschen Strände der beliebten Urlaubsinsel mit ihren unvergleichlichen Steilküsten bedrohte, hatte die BILD-Zeitung mit aller Vehemenz gefordert, dass Köpfe rollen sollten. Nur seinen erstklassigen Beziehungen zur deutschen Regierung hatte es Mellendorf zu verdanken gehabt, dass er nicht gehen musste. Doch die Überschriften würde er sein Leben lang nicht mehr vergessen: »Die ölige Wahrheit über den Öl-Multi« oder »Öl-Sardinen dank der Gier des Öl-Patriarchen!«

Im Hintergrund hatten bereits die Grabenkämpfe um die Nachfolge Mellendorfs stattgefunden. Später hatte der Deutsche diese zum Anlass genommen, um sich zahlreicher, einst engster Mitstreiter zu entledigen. Nicht zuletzt hatte er dabei auch auf die Worte und die Einschätzungen seiner jungen Chefsekretärin Maritt

Pescort vertraut. Kein Wunder, dass er sie überproportional gut bezahlte.

Über Wochen waren die Medien in diesen schwierigen Zeiten über ihn hergefallen. Seine ganze Perfektion, die ihn zu einem der reichsten Männer Europas gemacht hatte, war nötig gewesen, um am Ende doch noch die Kurve zu kriegen. In einer spektakulären Aktion wurde das große Loch, das nach der gewaltigen Explosion unterhalb der Ölplattform klaffte, dank eines eisernen Pfropfens gestopft und das schwarze Gold zurückgedrängt. Um die entstandene Blase nicht zum Platzen zu bringen, setzte Mellendorf eine mobile zweite Plattform ein, die ihren Rüssel nun in die Tiefe streckte und das Öl abpumpte. Zudem war es Spezialisten, die offiziell von der deutschen Regierung beauftragt worden waren, gelungen, den Ölteppich bis auf winzige Reste abzusaugen. Auch dieses Unterfangen ging eigentlich auf die Initiative des Managers zurück, gleichwohl musste er den Erfolg an seine Spezis in der Politik abtreten, sodass auch diese im Rampenlicht stehen konnten. Das Ganze zeigte auf perfide Weise die in der internationalen Unternehmerwelt herrschende Korruption. Aber Mellendorf war es egal: Das Schlimmste war abgewendet, tatsächlich blieben die deutschen Strände vom Öl verschont.

Es dauerte nur wenige Wochen, schon stand Mellendorf erneut in den Schlagzeilen. Dieses Mal jedoch war er der Held: »Helgoland gerettet – Öl-Multi bezwingt Naturgewalt!« und »Mellendorfs Macht zwingt sprudelnde Natur in die Knie!«, hatte die BILD getitelt. Innerhalb kürzester Zeit war er von einem Unternehmer, der bedroht wurde, zu einem gefeierten Umweltstrategen mutiert: gestützt durch eine Regierung, die sich diesen Erfolg mit ans Revers heftete und mit aller Macht versuchte, daraus regen Profit zu schlagen in Sachen Wählergunst. Zumindest die Umfragewerte bewiesen, dass das Kalkül aufgegangen war. Und: Mellendorf wurde plötzlich gehandelt als möglicher neuer Superminister, der den Spagat zwischen Wirtschaft und Umwelt meistern sollte.

Mc Lorey schüttelte sich, als er die Geschichten, die er freilich in den Nachrichten verfolgt hatte und die ihm Mellendorf bereits in Kurzform erzählt hatte, nun noch einmal brühwarm serviert bekam.

»Schweine, alles Schweine! Die Medien, die Politiker – fern jeder Realität. Und noch dazu korrupt, was dir aber wohl dieses Mal entgegenkam.«

Schallend lachte Mc Lorey über seinen eigenen Witz.

Mellendorf gab ihm einen so heftigen Knuff in die Seite, dass er über den nächsten Liegestuhl und auf eine dunkelhäutige Schönheit fiel. Die stieß einen entsetzten Schrei aus.

»Darf ich Sie zur Entschädigung heute Abend auf meine Yacht einladen?«, reagierte Mc Lorey prompt.

Er handelte sich keine Absage ein.

7

»Verdunkelt alles! Rollläden runter und Vorhänge zu. Von draußen darf hier keiner mehr reinsehen!«

Die drei Helfer von Ferenc Viskeletti, die nach dem kurzen Zwischenfall mit dem Pärchen auf dem Flur zuerst die Suite von Frank Mellendorf im 20. Stock erreicht hatten, erledigten eilig noch einige Dinge: Die Drecksarbeit, wie sie fanden, jedoch zahlte Mc Lorey sie einfach zu gut dafür, als dass sie hätten ablehnen können.

»Ich bin Schauspieler!«, knurrte einer und erhielt dafür einen Tritt.

»Du Arsch, das weiß jeder. Später darfst du deine Rolle spielen. Jetzt musst du anpacken.«

Eine dritte Stimme unterbrach die beiden Männer.

»Los jetzt! Wir haben wenig Zeit!«

Es war die Stimme einer jungen Frau. Sie warf den Kopf in den Nacken, schüttelte ihr blondes Haar und schlüpfte aus dem blauen Arbeitsanzug, in den man sie gesteckt hatte.

»Nachher bringe ich dich um«, flachste der Schauspieler und fing sich eine satte Ohrfeige ein.

Ging es um seine Filme, so scheute Mc Lorey keine Kosten. Und selbst wenn die Produzenten ihm einmal den Geldhahn zudrehten, so legte er aus seiner Privatschatulle noch die restlichen Dollars oben drauf, um sein Projekt durchziehen zu können. Und bislang war sein Kalkül stets aufgegangen. Bestes Beispiel: ein »Movie«, das Mc Lorey vor rund drei Jahren zum Abschluss gebracht hatte.

In »Stay on the other Side«, wofür in der deutschen Übersetzung wie so oft ein schwachsinniger Titel gewählt wurde, nämlich: »Das Orakel«, hatte Mc Lorey die Wahrsagungen einer 100-Jährigen Wirklichkeit werden lassen: das Ansteigen der Meeresspiegel bis auf das Niveau der Rocky Mountains. Während die östliche USA in den Fluten versank, kämpften die Bewohner im Westen gegen die Flüchtlinge. Nur noch ein Quadratmeter Fläche pro Person war den Leuten hinter den Rockies zum Leben geblieben, sodass keiner der vor den Wassermassen Fliehenden mehr über die Grenzen kommen durfte. Ein Wasserinferno, ein Katastrophenfilm der Güteklasse A war es gewesen, den Mc Lorey aus dem Boden und den Zentralrechnern der Filmstudios stampfte. Das Endzeitdrama, das im Untergang der irdischen Welt gipfelte, war *der* Kassenschlager. Einmal mehr hatte Mc Lorey ein glückliches Händchen bewiesen, wurde von den Medien als der neue Emmerich gefeiert, und nach nur wenigen Wochen waren die Kosten des Films dreifach wieder eingespielt.

Der Regisseur selbst war allerdings nicht zufrieden. Nein, der Vergleich mit Kollegen war ihm alles andere als angenehm. »Godzilla«, »King Kong« oder auch »Independence Day« – das waren nette Filmchen der Regisseure gewesen, die die Welt mit unterhaltendem Schwachsinn zudröhnen wollten. Mc Lorey sehnte sich aber nach seinem eigenen Genre, nach seiner eigenen Welt: nach Realität. Nach der Produktion von »Orakel«

hatte er begriffen, dass es nicht mehr in seinem Sinne
war, Filme zu drehen, die nur auf Effekthascherei aus
waren. Mc Lorey wollte weg von Hollywood. Die letzten Jahre hatten ihm täglich aufs Neue die Augen geöffnet.

Die gut bezahlten Helfershelfer Mc Loreys, zwei davon recht ambitionierte Schauspieler, waren in der
Suite des Topmanagers noch bei ihren Vorbereitungen,
als Ferenc Viskeletti mit dem schweren Gepäck im Nacken schweißgebadet die Suite erreichte.

»Verteilt das Blut auf dem Bett und zieht eine Spur
hinüber in das Badezimmer«, gab er sofort den Ton an,
»aber so, dass wir nachher noch agieren können.«

Den kleinen verschlossenen Eimer hatte er aus dem
großen Paket genommen und den dreien in die Hand
gedrückt. Wenige Sekunden später war auf dem Bettla-
ken ein riesiger Blutfleck und eine Blutspur führte
durch den Raum hinüber zum Badezimmer. Mit Ein-
malhandschuhen griff Viskeletti in den Eimer und um-
fasste den runden Griff der Badezimmertür. Dann zog
er seine Schuhe und Strümpfe aus und verwischte mit
seinen, ebenfalls in Gummiüberzügen steckenden, Füßen die Spuren, sodass es aussah, als habe auf den gelb-
blauen Fliesen ein erregter, blutiger Kampf stattgefunden. Auch über die gelbe Badewanne mit Whirlpool-
funktion, die ihren Gästen alle Annehmlichkeiten bereiten sollte, ließ der junge Ungar die Bluttropfen laufen. Die Körperflüssigkeit rann hinunter bis zum An-
satz der Wanne und färbte die Fugen der Fliesen rot.

8

Für Viskeletti war es gar nicht so einfach gewesen, einen ganzen Eimer mit Blut aufzufangen, als er wenige Stunden zuvor am Hafen dem jungen Mädchen mehrfach sein Messer in den Oberkörper gerammt hatte. Bereits der erste Stoß, direkt ins Herz, hatte ihr Leben ausgehaucht. Jedoch hatte der Blutfluss nicht ausgereicht, um genügend Flüssigkeit für das Präparieren der Suite zu haben. So stieß er noch mehrfach das lange Brotmesser in ihren Bauch und hielt den Körper waagerecht über den Eimer, der sich mehr und mehr füllte.

Es war die erste Bluttat des Ungarn. Trotz seiner Bärenkräfte und seines ausgeprägten Egos eine heikle Mission, die ihm Mc Lorey aufgetragen hatte. Kein Wunder, dass sich Viskeletti mehrfach übergeben musste, nachdem er die Tat an der jungen, hübschen Französin begangen hatte.

Viskeletti beugte sich weit von ihr weg und gab alles von sich, was er in den Stunden zuvor gegessen hatte. Sein Bauch verkrampfte sich immer wieder, bis auch der letzte Tropfen Galle seinen Körper verlassen hatte. Das passte so gar nicht, so wunderte er sich selbst, während er mit seinem Jackenärmel seinen Mund abwischte, zu seinem ansonsten so harten Auftreten.

Als er sich wieder eingekriegt hatte, biss er auf seine Unterlippe und musste erstmals wieder lächeln.

»Ich werde mich schon dran gewöhnen. Vielleicht war sie einfach zu hübsch!«

Viskeletti hatte mehr oder weniger willkürlich zugeschlagen. Lediglich der Typ Frau, den er für den Mord auszuwählen hatte, war festgelegt, hatte den Vorgaben für den Film zu entsprechen. Nicht älter als zwanzig Jahre durfte das Mädchen sein, außerdem schlank und möglichst attraktiv.

Der Ungar war am Strand von Cannes entlanggegangen und hatte zahlreiche junge Damen gesehen, die sein Beuteschema erfüllten. Jedoch traf er hier auf ein ganz anderes Problem: In der französischen Hauptstadt des Films war es alles andere als leicht gewesen, eine Person nach Wunsch zu finden und noch dazu allein mit dem Opfer zu sein, um keine unliebsamen Zeugen für die Tat zu haben. So schlich Viskeletti in Richtung Hafen: weg von den vollen Stränden, die selbst in den Abendstunden bei der sommerlichen Hitze noch gut frequentiert waren, und vorbei am Kongresszentrum bis zum Großparkplatz. Dieser hatte sich inzwischen geleert, sodass er einen guten Überblick, andererseits aber genügend Winkel und Verstecke hatte, um die Tat in aller Stille anzugehen.

Hinter einem kleinen weißen Kassenhäuschen bezog Viskeletti Stellung und hielt Ausschau.

»Verdammt«, stöhnte er leise vor sich hin, als er eine Kandidatin ins Visier genommen hatte, dann aber feststellen musste, dass die junge Frau in Begleitung von drei gut gebauten Männern war.

Wieder musste er warten.

Rund zwei Stunden verharrte Viskeletti in seinem Versteck, ehe das Handy in seiner karierten Dreiviertel-Hose vibrierte.

Die SMS gab ihm eine klare Anweisung: »Du hast Zeit bis zum Morgen. Dann erwarte ich ein positives Zeichen von dir!«

Mc Lorey sendete Viskeletti per MMS noch ein Foto vom angetrunkenen Mellendorf.

»Das ist unser Hauptdarsteller! Alles ist am Laufen – also enttäusch mich nicht«, schrieb Mc Lorey.

Viskeletti schüttelte den Kopf. Er würde seinen Brötchengeber keinesfalls enttäuschen, so schwierig die Tat für ihn auch sein würde. Wieder wanderte sein Blick zu den Häuserfassaden nahe dem Parkplatz. Nichts. Auf der anderen Seite, bei den im Wasser schaukelnden Yachten, Segelbooten und Katamaranen, entdeckte er erneut nur Männer.

»Haut ab«, zischte er leise vor sich hin und vernahm einige Laute in einer Sprache, die er nicht verstand.

Deutsche? Skandinavier? Vielleicht auch ... Eigentlich war ihm vollkommen egal, woher diese Touristen kamen, denn sie bedeuteten für ihn nur Probleme: Einerseits störten sie, andererseits entsprachen sie nicht dem Opferprofil.

Nachdem die Nacht mehr und mehr hereingebrochen war, fielen Viskeletti schon fast die Augen zu, als plötzlich seine Stunde kam. Die Stunde Mc Loreys. Die Stunde des Opfers. Die Stunde des Beginns des wohl größten Filmes aller Zeiten.

Die blonde Schönheit tauchte wie aus dem Nichts bei den Booten auf und schaute immer wieder hinaus aufs Meer, auf dem sich immer noch Yachten tummelten.

Von einer drang laute Discomusik herüber und Viskeletti hätte schwören können, dass es die Pracht-Yacht seines Chefs war, in der gefeiert wurde, während er den härtesten Job seines Lebens anging. Doch zum Nachdenken war jetzt keine Zeit. Viskeletti heftete seinen Blick auf die bildhübsche junge Frau, deren Schicksal bereits besiegelt war.

»Schade drum«, dachte sich Viskeletti und ließ die Sekunden verstreichen. »Ja, wackel nur mit deinem Arsch!«

Langsam lief das junge Mädchen auf seinen Mörder zu. Es dauerte nur den Bruchteil einer Sekunde, dann war alles vorüber. Nach dem dritten, vierten Stich strömte das Blut.

Die Leiche packte Viskeletti in den grünen Militärsack, mit dem ihn Mc Lorey ausgestattet hatte, und den Eimer verschloss er mit dem dazugehörigen Deckel – alles lief perfekt. Dann aber musste er sich übergeben. Vorbei war es mit der scheinbaren Eiseskälte in seinem Herzen, die er eben noch demonstriert hatte, als das junge Ding auf ihn zugelaufen war und noch jeden Atemzug ihres viel zu kurzen Lebens genoss. Sie hatte keinerlei Chance gehabt. Die Klinge hatte sie aufgeschlitzt, sodass in nur wenigen Augenblicken ihr Herz aufhörte zu schlagen. Der Ungar war sich sicher: Sie hatte nicht leiden müssen. Doch diesen Anflug von Mitleid wischte er beiseite. Emotionen waren nicht die Welt Viskelettis. Er musste den Steg vom Blut des Mädchens säubern, um keine Spuren zu hinterlassen. Immer wieder wurde er dabei gestört, doch er passte auf und konnte im Schutz der Dunkelheit noch das erste Kapitel seines Auftrages beenden.

Müde erreichte Viskeletti sein Quartier im Hinterhof eines Mehrfamilienhauses nahe den Einkaufspassagen. Den Militärsack deponierte er im Keller, schloss die Tür hinter sich zu und schlüpfte drei Etagen höher in dem angemieteten Ein-Zimmer-Apartment in seinen Schlafsack. Nur wenige Stunden würden ihm bleiben, dann musste er mitsamt seinem Opfer in der Halle des »Palasthotels« stehen. Alles Weitere würde sein Chef organisieren. Er legte die Hände links und rechts neben seinen Kopf und sah an die weiß gestrichene Decke, an der eine kleine Glühbirne nur mäßig viel Licht spendete.

»Ein kleines Licht wird gelöscht, um ein großes zu entfachen«, überlegte er und musste über so viel Philosophie aus seinem eigenen Mund lauthals lachen.

Es war ein böses, tiefes Lachen. Er drehte sich zur Seite und schlief ein.

9

Viskeletti herrschte seine Helfer an, schneller zu machen.

»Wir haben nicht viel Zeit! Kamera an ihren Platz, die Mikrofone links und rechts des Betts sowie im Bad. Schneller, schneller!«

Der Ungar wies die Crew an, genau nach den Schritten vorzugehen, die ihm Mc Lorey vorgegeben hatte. Es wurde ein schwummriges Licht geschaffen, sodass die Personen in dem Film nicht gleich zu erkennen sein würden. In Rekordzeit verwandelte sich die Suite in einen perfekt gestalteten Drehort.

Die Kameras liefen an. Totenstille bei Viskeletti und seinen Helfern. In der Halbdunkelheit schlich sich eine Person an die bäuchlings auf dem Bett liegende Frau. Kein Zweifel: Es handelte sich um Frank Mellendorf. Er strich der Frau zärtlich über Rücken, Po und Beine und diese begann leise zu stöhnen. Mellendorf legte sich von hinten auf die Frau, die es genoss, ihn zu spüren. Immer lauter wurde das Stöhnen, ehe abrupt das Licht anging. Viskeletti bedeutete dem jungen Schauspieler, sich auf den Weg zum Badezimmer zu machen. Die Kameras filmten weiter und weiter, wie sich der Topmanager in Richtung Bad bewegte, langsam die Tür öffnete und hinter der Tür verschwand. Die junge Frau erhob sich vom Bett und folgte Mellendorf.

Als die blonde, attraktive, splitternackte Frau die Tür zum Bad öffnete, riss Mellendorfs Double sie mit voller Wucht ins Badezimmer. Sie wusste nicht, wie ihr geschah, und konnte nur noch einen lauten Schrei ausstoßen. Dann rammte ihr der Milliardär ein Messer in die Brust. Mehrmals stach er zu. Sie torkelte aus dem Bad heraus und schaffte es blutüberströmt gerade noch bis zum Bett, wo sie kopfüber zusammenbrach und auf dem Bauch liegen blieb.

»Kameras stopp!«, gab Viskeletti das Signal.

Kurz brandete Applaus auf für den jungen Schauspieler, der Mellendorf verkörpert hatte, und für die junge, hübsche Französin, die sich vom Bett erhob.

Viskeletti stolperte über ein Kabel und fluchte, ehe er den Militärsack mit der Leiche öffnete. Er nahm die junge Frau und legte sie auf das Bett, ihr Gesicht nach unten gekehrt, sodass ihr nackter, unversehrter Rücken zu sehen war. Mit dem Drapieren der Leiche war Viskeletti zufrieden. Er schoss mit seinem Handy ein Foto und sendete dieses per MMS an Mc Lorey. Es dauerte nur Wimpernschläge, bis die Antwort des Regisseurs kam.

»Perfekt!«, war in Großbuchstaben zu lesen.

Viskeletti starrte sekundenlang auf sein Handy und war stolz. Er hatte einen der bekanntesten Regisseure Hollywoods glücklich gemacht – in dessen eigenem Metier: dem Gestalten von Filmszenen und -szenarien. Doch Zeit zum Zurücklehnen blieb nicht. Rasch packten Mc Loreys Helfer all ihre Filmutensilien zusammen.

»Der Chef wird begeistert sein«, dachte sich Viskeletti erneut, als er das Schlachtfeld um sich herum sah.

Die Leiche lag in der richtigen Position und die wichtigste Szene war im Kasten, ohne dass der eigentliche Regisseur vor Ort gewesen war. Viskeletti musterte sich. Seine Kleider waren blutverschmiert. Er und seine Crew mussten zusehen, möglichst schnell wieder den Ort des Geschehens zu verlassen. Zurück blieben nur die Leiche und das Blutbad im Schlafraum und im Badezimmer.

Viskeletti hob vom Boden eine Krawatte auf, die Mellendorf gehören musste. Sie war cremefarben und mit schwarzen Lettern bestickt.

»Not for everybody!«, war darauf zu lesen.

Der Ungar grinste.

»Wie recht du hast, Mörder!«

Er nahm die Krawatte und steckte sie ein. Sie sollte seine Erinnerung bleiben an einen tragischen Ort, eine dramatische Tat und den bestinszenierten Mord aller Zeiten.

»Den es gilt, jemand anderem in die Schuhe zu schieben«, grinste Viskeletti.

Er lachte wieder lauthals und erschreckte seine Helfer, die immer noch damit beschäftigt waren, alle Spuren des Filmens zu beseitigen. Es dauerte noch lange vier Minuten, dann konnten sie aufbrechen. Wie ein Boxen-Stopp-Team hatten sie Hand in Hand gearbeitet und verließen den Ort des Geschehens nun in Windeseile. Viskeletti ging voran. Er hatte die Zeit genutzt, um auch sich selbst umzuziehen.

Von innen klopfte Viskeletti dreimal an die Tür der Suite.

»Die Luft ist rein!«, drang es an sein Ohr.

»Was ist mit dem Liftboy?«, knurrte er seinen Kollegen an, nachdem er die Tür einen Spalt geöffnet hatte.

»Alles bestens!«

»Das will ich hoffen«, sagte der Hüne und schaute suchend den Flur hinunter.

Tatsächlich schien es so, als sei er nicht angelogen worden.

Viskeletti und die komplette Crew schlichen sich mit der Filmausstattung durch den Gang und nahmen den Weg über die Treppen hinunter in die unteren Etagen. Als die Tür zum Treppenkorridor ins Schloss fiel, kam der Aufzug gerade in der 20. Etage an. Die Schiebetüren öffneten sich und Frank Mellendorf trat aus dem Lift.

10

Laurent Leclerc schaute auf die leere Zigarettenschachtel. Er hasste sich selbst für seine Raucherei und musterte nochmals den verbrannten Finger. Längst schon hatte er die Polizeidirektion an diesem Tag verlassen wollen. Doch wieder einmal waren ihm die Fälle über den Kopf gewachsen. Wie so oft fluchte er vor sich hin und bezweifelte immer mehr, ob es vor rund einem Jahr der richtige Schritt gewesen war, sich auf den Posten des Kommissars vom Dienst befördern zu lassen. Im Drei-Schicht-Wechsel mit zwei Wachtmeistern stemmte er seither die Hauptarbeit in der Direktion, in einer Stadt wie Cannes ein Knochenjob. Zwischenzeitlich war der Bauch unter seinem Hemd gewachsen, sein Gesicht mächtig gealtert und er hatte deutlich weniger seiner fast schulterlangen Haare auf dem Kopf. Beim Blick in den Spiegel erkannte er sich oftmals selbst nicht wieder.

»Mein Gott, wenn ich so weitermache, kann ich in zehn Jahren Rente beantragen.«

Dass seine Freunde und Kollegen ihn immer wieder warnten, sein Pensum herunterzuschrauben, war ihm jedoch schnuppe gewesen. Zu sehr liebte er seine Arbeit und auch dieses »ganze Scheißpack«, mit dem er es Tag für Tag zu tun hatte. Die Hassliebe zu den Verbrechern war es, die ihn vor sich selbst oftmals erschauern ließ.

Anstatt sich abzuwenden, sah er stets zweimal hin, und waren die Fälle noch so grausam. Leclerc übersah nichts, denn er vergewisserte sich gründlich, bevor er einen Tatort verließ und wieder freigab.

Erst vor zwei Wochen war es ihm einmal mehr gelungen, einen Sexualstraftäter dingfest zu machen. Diese Genugtuung war für ihn der Ersatz für all das, was er ansonsten im Leben versäumte. Mit einem Schuss in die rechte Schulter hatte er den 24-jährigen Franzosen niedergestreckt, nachdem er sich mit ihm eine Hetzjagd geliefert hatte quer durch die Touristenstraße in Cannes. Der Bewaffnete, auf den alle Indizien hingedeutet und den Leclerc und seine Kollegen schon länger im Visier gehabt hatten, flüchtete, als ihn die Polizisten stellen wollten. Er schoss wild um sich und traf dabei zwei Kollegen in die Beine. Nur der Kommissar konnte ihm folgen bis in eine Schuhboutique, die dem Täter schließlich zum Verhängnis wurde. Leclerc hatte ihn über einen der Spiegel ins Visier genommen und getroffen. Alles Weitere war dem 42-jährigen Polizisten ein Leichtes gewesen. Die Festnahme hatte er mit einem hasserfüllten Blick in das Gesicht seines Kontrahenten begleitet.

»Du sollst in der Hölle schmoren!«, hatte Leclerc geknurrt, bevor ihn ein junger Kollege an der Schulter nahm und zur Seite zog.

Die Routinearbeit hatte er schließlich den anderen Beamten überlassen und auf den Dank durch seinen Vorgesetzten gerne verzichtet. Dass es ihm wieder gelungen war, »ein solches Schwein« hinter Gitter zu bringen, war ihm mehr wert als jedes Schulterklopfen. Ehrenbezeugungen hatten ihm nie etwas bedeutet.

Während viele seiner Kollegen nur darauf aus waren, sich in der Öffentlichkeit in den eigenen Erfolgen zu sonnen und nach abgeschlossenen Fällen gar Urlaub zu nehmen, war er immer wieder an den Schreibtisch zurückgekehrt und hatte nur für wenige Minuten die Augen geschlossen. Noch einmal ließ er so alles an sich vorüberziehen, um damit innerlich abzuschließen. Tat er es nicht, so hätte ihn auch der harmloseste Handtaschenraub noch in der Nacht verfolgt.

Wieder klingelte vor ihm das Telefon. Leclerc schaute sorgenvoll auf die Uhr an seinem Handgelenk, eine Imitation, die er sich beim letzten »Urlaub« am wenige Kilometer entfernten Strand geleistet hatte. Längst war es nach 14 Uhr und das Treffen mit zwei Kumpels in einer der Bars von Cannes, dem ultracoolen Schuppen »La Bouche«, hatte der Kommissar bereits per SMS verschoben.

»19 Uhr frühestens!«, hatte er seinen Freunden gesagt.

Das Klingeln des Telefons riss nicht ab. Ja es entwickelte sich in Leclercs Ohren zu einem Sturm. Er griff zum Hörer und traute seinen Ohren nicht.

»Wir haben eine Tote im ›Palasthotel‹!«, sagte die Stimme am anderen Ende.

Leclerc sah seine Chance auf einen zeitnahen Feierabend an diesem Tag schwinden. Doch er war Profi genug, um in kürzester Zeit den eigenen Frust hintanzustellen und sich wieder ganz seiner Arbeit zu widmen. Er setzte sich auf seinen Schreibtischstuhl und drehte sich nervös um die eigene Achse, während er sich die Details erzählen ließ.

»Wo liegt das Mädchen?«

»In einer Suite in der 20. Etage!«

»Wer hat uns verständigt?«

Die Stimme am anderen Ende zögerte kurz.

»Wer?«, wiederholte Leclerc.

»Der Mieter der Suite. Er sagt, er sei gerade nach Hause gekommen und habe das Mädchen gefunden.«

Leclerc bohrte nach: »Wer ist es?«

»Das Mädchen? Keine Ahnung!«

»Nein, der Hotelgast«, fluchte der Kommissar, inzwischen angesäuert.

»Millionär Frank Mellendorf!«

Nur zwei Minuten nach diesen Informationen saß Leclerc bereits in seinem Dienstwagen, einem Renault Mégane, der nahezu zehn Jahre auf dem Buckel hatte, von dem er sich aber nicht trennen wollte.

»Mellendorf? Mein Gott, hätte es uns eigentlich noch heftiger erwischen können? Ein zusammengeschlagener Liftboy! Eine Tote! Und das alles während des Festivals. Und auch noch im ›Palasthotel‹. Und dann ein Millionär, der das Mädchen in seiner eigenen Suite findet?«

Leclerc schüttelte den Kopf.

Am Steuer sitzend tippte er parallel eine SMS in sein Handy: »Komme nicht – Einsatz!«, sendete er an seine Freunde.

Wieder einmal musste ein Abend ohne ihn stattfinden. Bevor er die SMS abschickte, warf er nochmals einen Blick auf das Handy. Und beinahe hätte er einen alten Citroën C4 gerammt, als er auf die Gegenspur abdriftete.

11

»Sonntagsfahrer, diese Sheriffs«, knurrte Viskeletti am Steuer, zog den Citroën gekonnt am Polizei-Renault vorbei und machte sich auf den Weg in Richtung Norden.

Das Filmmaterial wollte er in den Filmstudios, die Mc Lorey nahe des Spielcasinos angemietet hatte, abgeben und dann sofort in Richtung Rotterdam weiterfahren. Mc Lorey würde zufrieden sein, hatte er doch auch die Videos aus den Sicherheitskameras in der Tasche. Alles war grandios gelaufen. Der Ungar griff zu seinem Handy.

»Fertig!«, schrieb er an den Regisseur.

Kurz, knapp, emotionslos.

Mc Lorey lächelte, als er das Wort las.

Und er schrieb zurück: »Dann mach dich auf den Weg! Du hast mehr als 1000 Kilometer vor dir!«

Nur noch wenige Minuten, so vermutete Mc Lorey, dann würde die Polizei Mellendorf befragen. Der Milliardär würde wahrscheinlich ihn als Alibi angeben. Jedoch fehlte dem Deutschen jeder Beweis. Schließlich war die Tote bereits in der Nacht ums Leben gekommen, das Blut nicht mehr frisch. Und so schnell würde die französische Südküsten-Polizei sicher nicht feststellen, dass sie nicht im Hotel, sondern ein ganzes

Stück davon entfernt, am Hafenparkplatz, ermordet worden war.

Dass er den halben Tag mit dem deutschen Ölmagnaten verbracht hatte, würde er nicht leugnen, doch das könnte die Haut von Mellendorf letztendlich nicht retten. Zu deutlich wäre er auf den Sicherheitsvideos der Kameras im Flur zu erkennen, die die Polizei von der Hotelleitung anfordern wird. Dass diese nicht von diesem Tag stammten, sondern aus dem vergangenen Jahr, würde niemand merken. Schließlich war Mc Lorey einer der besten Regisseure der Welt und hatte alles mit größter Sorgfalt vorbereiten lassen. Einmal wollte er perfekt sein – perfekter als der erfolgreiche Unternehmer Mellendorf!

Als Mellendorf den langen Korridor bis zu seiner Suite entlangschlenderte, galten seine Gedanken Mc Lorey.

»Was für ein Mann«, dachte er sich, »ein richtiger Lebemann und dabei doch so erfolgreich.«

Im Gegensatz zu ihm hatte sich der Amerikaner zwar auch mit Herz und Verstand seinem Beruf verschrieben, jedoch dabei Spaß gehabt. Frank Mellendorf glänzte bei der Arbeit rund um die Raffinerien und was seine Taten für seine Mitarbeiter anbelangte. Er war der Inbegriff eines weitblickenden Großindustriellen, der sich nicht zu weit aus dem Fenster lehnte, aber auch kein Risiko scheute. Doch selbst beim Meistern großer Krisen wirkte der Deutsche nicht glücklich. Zu sehr fraß ihn seine Arbeit auf, als dass er das Leben hätte leben können, das er sich in seinem tiefsten Inneren wünschte. Die kurzen Liebschaften, meist One-Night-Stands, konnten ihn dabei nicht befriedigen.

Sexuell ja, aber nicht in der Form, dass er sich des Lebens freuen konnte.

In einem der Bilder an den Wänden sah Mellendorf eine junge Frau, die seiner Sekretärin glich. Er musste lachen und schämte sich kurzzeitig sogar für seine Gedanken an die Massage von Maritts Füßen. Wie er nun merkte, wollte er Maritt doch mehr, als er je zugeben würde. Er vertiefte sich in seine Gedanken an die junge Holländerin, die ihn schon oft mit ihrem unendlichen Charme um den Finger gewickelt hatte, sodass sich Mellendorf fragte, wo sie in ihrem jugendlichen Alter von 28 Jahren diese Perfektion im Umgang mit einem gestandenen Mann wie ihm hernahm.

An der Tür zu seiner Suite angekommen führte er die Keycard langsam in den Schlitz ein und zog die Karte mit einem Ruck nach unten. Das kleine rote Lämpchen an der Tür sprang auf Grün. Mellendorf griff nach der Klinke und drückte diese langsam nach unten. In seinem Zimmer würde er gleich zum Handy greifen und sich endlich bei Maritt melden. Wieder musste er grinsen, als er an ihre wunderschönen Füße dachte.

Mellendorf ließ die Tür hinter sich ins Schloss fallen und hängte sein Jackett an die Garderobe. Immer noch in Gedanken durchlief er den Flur seiner Suite und öffnete rücklings die Tür zum Hauptraum der über 100-Quadratmeter-Suite, die er sich für die Dauer seines Aufenthalts an der Côte d'Azur gemietet hatte. Sein Blick blieb jedoch an einem Fleck an seiner Jacke hängen.

»Verdammt!«, dachte er sich, ließ den Türknauf aus den Fingern gleiten und ging zurück zur Garderobe.

Er schaute sich den Fleck genauer an und sah den dunklen Rotstich darin. Dann gewahrte er die Innenseite seiner blutverschmierten Hand.

»Um Gottes willen«, entfuhr es ihm.

Er überblickte den Flur und bemerkte weitere Blutspuren. Mellendorf riss die Tür zum Schlafzimmer auf und entdeckte auf dem Bett die Leiche. Innerhalb einer Sekunde wurde im speiübel. Er stierte auf den nackten Körper des jungen Mädchens und übergab sich inmitten der Suite. Sollte er um Hilfe schreien? Mellendorfs Kehle fühlte sich steinhart an, jegliche Feuchtigkeit schien aus seiner Mundhöhle gewichen zu sein. Er öffnete die Lippen, aber ihm gelang es nicht, auch nur ein Wort auszusprechen. Sein leises Krächzen würde keiner hören.

Fieberhaft schaute sich Mellendorf in seiner Suite um und wich Stück für Stück zurück. Seine strahlend blauen Augen überzogen sich mit einem Schleier. Ihm wurde schwindlig, er taumelte, suchte, fand aber keinen Halt. Angst machte sich in ihm breit, versetzte seinen Puls in nicht gekannte Höhen. Das Blut raste durch seine Adern wie ein vollbesetzter, außer Kontrolle geratener TGV. Er prallte mit dem Rücken gegen den Türrahmen und erschrak. Hatte ihn jemand gestoßen? Mellendorf fuhr herum. Nichts. Niemand.

Dann hörte er Stimmen auf dem Flur – rauchig, weit entfernt und doch zum Greifen nahe. Er nahm seine ganze Kraft zusammen, flüchtete in Richtung Zimmertür, riss diese auf. Doch dort war niemand. Leere empfing ihn, Mellendorf wähnte sich in einem Albtraum.

Mit einem Mal aber kehrte die Kraft in seine Stimmbänder zurück. Aus Leibeskräften schrie der Milliardär und nach nur wenigen Sekunden trafen die ersten Hotelbediensteten ein. Mellendorf dachte, es seien Stunden. Zusammengekauert saß er auf einem schmalen, mit kariertem Leinen bezogenen Stuhl und hörte die Stimmen um sich herum wie durch einen dicken Vorhang.

Kurze Zeit später kam auch die Polizei. Mellendorf war froh, dass die Beamten so schnell da waren. Sie gaben ihm ein gewisses Gefühl von Sicherheit. Die Angst wich aus seinen Gliedern und er fühlte inzwischen nur noch eine bleierne Müdigkeit, als müssten ihm schier die Augen zufallen. Er wünschte sich weg von diesem Ort. Weg, nur weit weg. In sein Unternehmen und in die Obhut seiner Sekretärin, die er sich nun so sehr bei sich wünschte – die er niemals hätte allein zurücklassen sollen. Die Gedankenfülle in seinem Kopf glich dem Stau auf einer Autobahn. Überall wurde gedrängelt, gehupt, raubte ein Gedanke dem anderen seinen Platz.

Da hörte er, wie ein telefonierender Beamter seinen Namen nannte. Ja, es war ganz deutlich. Der junge, unrasierte, dennoch aber nicht ungepflegte Polizist vor ihm hatte gerade Mellendorf gesagt. Ein mehr als unbehagliches Gefühl machte sich wieder in dem Deutschen breit. Dann fasste ihn eine Polizistin am Arm.

»Herr Mellendorf, bitte kommen Sie mit. Wir hätten ein paar Fragen an Sie.«

»Fragen?«, schoss es ihm durch den Kopf.

»Sie brauchen keine Fragen, Sie brauchen Antworten«, entgegnete der Milliardär barsch.

»Genau dabei können Sie uns sicherlich helfen«, sagte die Polizistin und führte Mellendorf auf den Flur.

Mellendorf schien es so, als habe er ein weiteres Wort
über ihre Lippen huschen sehen, als habe er gehört, wie
sie ihn »Mörder« genannt habe. Plötzlich war er hellwach. Er erkannte die »Wahrheit« oder das, was die anderen um ihn herum für die Wahrheit hielten: »Mörder
...«

Der Milliardär verbarg jede Regung. Seine Gesichtszüge wurden hart, ihm war jetzt klar, was hier gespielt
wurde. Ein schmutziges Spiel hatte begonnen, dessen
Ende nicht abzusehen war.

Draußen vor dem Hotel quietschten die Bremsen des
Renault Mégane. Laurent Leclerc sprang aus seinem
Wagen und stürmte ins Hotel. Die Tür seines Autos
blieb offen.

Über dem Haupteingang hielt die Kamera auch diese
Szene fest.

»Cut!«, dachte sich Michael Mc Lorey hinter dem kleinen Monitor in seiner Suite und schaltete das winzige
Gerät hinter dem »O« des Schriftzuges »Palasthotel« ab.

12

Mellendorf saß auf einer harten kleinen Bank und schaute an sich herab. Er konnte sich nicht erinnern, in den über fünfzig Jahren seines Lebens schon einmal so beschissen ausgesehen zu haben, und fühlte sich elend. Die Polizistin vor ihm hatte ihm den Rücken zugewandt und tippte behände etwas in den vor ihr aufgeklappten Laptop.

»Wie lange werden Sie mich noch brauchen? Ich würde mich gerne frisch machen und schlafen«, sagte Mellendorf mit schwacher Stimme und zeigte auf die Blutflecken auf seiner Kleidung.

Die Beamtin rührte sich nicht und blieb stumm.

»Hallo? Ich habe Sie etwas gefragt.«

»Und ich werde Ihnen keine Antwort geben. Ich bin nicht hier, um Ihnen Fragen zu stellen. Und ich bin auch nicht hier, um Ihre dummen Fragen zu beantworten.«

Sie drehte sich für wenige Sekunden um und musterte Mellendorf mit kleinen, zusammengekniffenen Augen. In ihnen spiegelte sich Hass. Grenzenloser, mörderischer Hass.

Mellendorf bemerkte die eisige Stimmung. Er wich ihrem Blick aus und starrte ausdruckslos auf den Boden.

»Haben Sie die Tote gesehen?«, fragte er nach einer Weile.

Im selben Moment schnellte die Polizistin heran und packte ihn an seinem Hemd.

»Ja, verdammt nochmal! Ich habe sie gesehen! Und ich habe dich gesehen! Dafür wirst du mieses Schwein bluten. Dafür wirst du bezahlen. Auf der Stelle erschießen sollten sie dich für das, was du dem Mädchen angetan hast! Nein, das wäre noch viel zu gut für ein solches Schwein wie dich.«

Mit einem Ruck riss sich Frank Mellendorf von der Polizistin los und wich zurück, bis er mit dem Rücken an der Wand stand.

»Wie kommen Sie darauf, ich hätte das getan? Ich kam nur in meine Suite zurück und fand das Mädchen!«

»Dreckiger Lügner! Alles spricht gegen dich: Du bist zu sehen auf den Videos, nur du! Und dafür wirst du dich verantworten müssen: vor einem Gericht und vor Gott. Und all dein ganzes Geld wird dir nichts helfen. Sie werden dich wegsperren bis zu deinem Lebensende und darüber hinaus: In der Hölle sollst du schmoren!«

Nach diesem Ausbruch wandte ihm die Polizistin wieder den Rücken zu.

Laurent Leclerc stürmte in die Hotellobby. Die Beamten, die inzwischen das komplette Hotel abgesperrt hatten, wiesen ihm den Weg zu dem kleinen Zimmer, in dem Frank Mellendorf auf seine Vernehmung wartete. Leclerc öffnete die Tür. Vor ihm lag seine bewusstlose Kollegin, am Kopf eine Platzwunde. Neben ihr eine zersplitterte Flasche. Leclerc drehte sich um und schaute entsetzt zu den Polizisten in der Eingangshalle.

»Wo ist Mellendorf?«, schrie der Kommissar.

Mit seinen Augen suchte er aufmerksam die lange Rezeptionstheke ab sowie die weißen Sessel in der Lobby. Aber es war nichts und niemand zu sehen. Das Licht der Kronleuchter wurde unterstützt durch einige Scheinwerfer, die seine Kollegen auf der Suche nach Spuren hatten aufbauen lassen.

»Licht aus!«, wies Leclerc die Beamten an.

Wenige Sekunden später erloschen die Scheinwerfer und leuchteten in warmen, orange-roten Tönen nur noch matt nach.

Frank Mellendorf betrachtete seine Umgebung und sah sich gefangen zwischen Kochtöpfen, Schöpfkellen, Schneebesen.

Alles um ihn herum strahlte in hellem Chrom. Der Deutsche hatte die Sekunden genutzt, als Kommissar Leclerc die Scheinwerfer in der Lobby hatte abschalten lassen. Mit leisen Schritten war er von seinem kleinen Versteck unter der Rezeptionstheke schnell in die verlassene Großküche des »Palasthotels« geflüchtet. Hier war er zunächst allein, aber er wusste, dass es nicht lange dauern würde, bis man ihm hier auf die Schliche käme.

Doch wovor floh er eigentlich? Vor der Meinung einer einzelnen Beamtin, die ihn als Mörder klassifiziert hatte, als Täter, der sich in ihren Augen zum unschuldigen Opfer gemacht hatte? Der sich billig seiner Strafe entziehen wollte? Oder war er geflohen vor einer Maschinerie der französischen Ordnungshüter, die seinen Bekanntheitsgrad ausnutzen wollten, um ihren Arsch auf die Titelseiten der Boulevardblätter zu bringen?

Mellendorf stiegen die Tränen in die Augen. Ungläubig widersetzte er sich seinen eigenen Gedanken.

»Scheißegal, für wen sie dich halten! Scheißegal, wie das alles ausgehen wird! Ich muss hier raus, so schnell wie möglich.«

Schon vernahm er draußen vor der Schwingtür Schritte. Sie wurden lauter und lauter und hallten in den Ohren Mellendorfs wie Trommelschläge. Sein Herz schlug rasend schnell. Seine Halsschlagader pulsierte wie nach einem 100-Meter-Lauf. Mellendorf hielt den Atem an. Die Schritte wurden wieder leiser. Noch einmal hatten ihm die Polizisten Zeit gegeben. Ein weiteres Mal würden sie das nicht tun. Er musste hier raus. Die Frage war bloß: wie?

Mellendorf sah nur noch die Töpfe, Pfannen und Schöpfkellen um sich herum. Überall konnte er Bilder von seinem Gesicht erkennen. Fragmente seines Daseins. Verzerrt wie sein eigener, noch nie da gewesener Zustand. Aus dem erfolgreichen Milliardär war ein Verbrecher geworden. Ein einfacher Straßenkämpfer, der nur eines wollte: seine Freiheit.

Als Mellendorf den Lüftungsschacht öffnete, drang ihm ein scharfer, widerlicher Gestank in die Nase. Kurz musste er an seine Raffinerien denken, dann an die Hygienevorschriften, die hier niemanden interessierten. Er schlüpfte in den kleinen Gang hinein und bemerkte, dass dieser gar nicht so eng war, wie er zunächst befürchtet hatte. Er zog seine Füße in den Schacht, drehte sich in einer kurzen, schnellen Bewegung um und bewies mehr Körpergefühl, als er sich je zugetraut hätte. Nachdem er den kleinen Gitterklappdeckel hinter sich zugezogen hatte, verschwand er und war davon überzeugt, einen Weg aus dem Hotel gefunden zu haben.

Der Deutsche kroch noch etliche Meter nach vorn. Längst war die Eingangsnische aus seinem Blickfeld entschwunden. In der engen Röhre war es dunkler, als er jemals zuvor die Nacht erlebt hatte. Er atmete immer schneller, glaubte zu ersticken. Seine Augenlider zuckten plötzlich, er bekam Herzrasen und ihm war schwindlig. Schließlich wurde Mellendorf bewusstlos und er hörte nicht mehr, wie unter ihm die Tür der Küche ins Schwingen geriet und Laurent Leclerc lautstark Anweisungen gab.

»Ich will seinen Arsch! Jetzt!«, schrie der Kommissar.

Mehr als vierzig Polizisten machten sich auf die Suche nach dem Mörder. Rund um das ›Palasthotel‹ formierte sich die nächste Hundertschaft. Ein Hubschrauber stand über der Croisette, die sich mehr und mehr mit Partygästen Cannes füllte, und auch am Strand kreiste lautstark ein Helikopter. Doch Mellendorf blieb verschwunden. Spurlos.

13

Maritt Pescort sah an ihren langen schlanken Beinen hinunter und beäugte zufrieden die frisch lackierten Fußnägel. Das Blau mit den weißen Streifen an den Rändern schillerte ihr entgegen. Sie musste unweigerlich an ihren Chef denken wie so oft, seit er ihre Füße derart zärtlich berührt hatte. Obwohl die junge Holländerin schon sechs Jahre bei Mellendorf angestellt und nach zwei Jahren der Ausbildung zu seiner persönlichen Adjutantin aufgestiegen war, konnte sie sich nicht erinnern, jemals solche Gefühle für ihn empfunden zu haben.

Mit einem leisen Stöhnen schlüpfte Maritt wieder in ihre Pumps, schwelgte aber weiter in ihren Erinnerungen an Mellendorf und merkte, wie Eifersucht in ihr hochstieg. Sie dachte an irgendwelche jungen Gören, die sich in dieser Sekunde unter der warmen Sonne Südfrankreichs mit einem der reichsten Männer Europas vergnügten.

»Und ich sitze hier und warte darauf, dass mir jemand die Füße knetet«, dachte sie und blickte auf die rote Couch, die ihr kleines, behagliches Wohnzimmer zierte.

Sie verwarf ihren Plan, an diesem Abend nochmals die Wohnung zu verlassen, streifte die Schuhe ab und schlüpfte in die Espadrilles, die sie stets zu Hause trug.

Weiß, ausgelatscht, bequem. Sie schlurfte durch das Zimmer und schaute durchs Fenster hinunter auf die stark befahrene Straße, auf der sie jeden Morgen nur fünf Minuten bis zu ihrem Arbeitsplatz am Rotterdamer Hafen brauchte. Das kleine Buswartehäuschen gegenüber war leer wie selten, auch der Bürgersteig. Selbst auf der Straße, so empfand Maritt, war an diesem Abend weniger los als sonst.

Ihr Blick verweilte auf der großen Werbewand, die an diesem Tag frisch angebracht worden war. Zumindest hatte sie sie noch nie bewusst wahrgenommen. Ein junges Model rennt quer über einen malerischen weißen Tropenstrand, in der linken Hand ein Glas Champagner. Obenherum trägt es eine dicke Skijacke, dazu aber ein äußerst knappes Bikini-Unterteil.

»String oder doch nicht?«, sinnierte Maritt.

Viel verwunderlicher aber war, dass das Mädchen eine Taucherbrille aufhatte, während es in seiner rechten Hand einen Skistock schwang.

»Wo immer Sie auch sind, wir sind schon da!«, war in großen roten Lettern zu lesen.

Eine simple Werbung für den über den Glasrand schwappenden Sekt. Über die mangelnde Kreativität der Werbemacher den Kopf schüttelnd trat sie vom Fenster zurück und verspürte plötzlich Lust auf … Champagner.

»Na ja, so schlecht kann die Werbung doch nicht sein!«, dachte sie laut.

Während die Holländerin in die Küche lief, hielt direkt unter dem großen Werbeschild ein Kleintransporter. Viskeletti sah auf den Tacho.

»Mehr als 1000 Kilometer. Und das für ein einziges Weib!«, knurrte er.

Er stellte den Motor ab und sein Blick wanderte in den hinteren Teil des Wagens. Der Käfig dort war gerade mal einen Meter hoch, breit und tief. Das mächtige Vorhängeschloss baumelte durch das Stoppen des Wagens noch immer. Viskeletti grinste, als er sich wieder umdrehte und durchs Fenster die Werbetafel las.

»Wie wahr! Ich bin da!«

Der Ungar spähte hinaus. Seiner Armbanduhr gab Viskeletti den Befehl, ihn in einer Stunde zu wecken. Dann lehnte er sich zurück, schloss die Augen und begann zu träumen und mit sich selbst zu sprechen.

»*Er* war mit mir zufrieden! Sehr zufrieden! Äußerst zufrieden.«

Als die sechzig Minuten um waren, reckte sich Viskeletti kurz und stieß mit der Faust heftig gegen den Dachhimmel des Transporters.

»Verdammt! Aber auch das wird mir diese Schlampe büßen. Wie jeden einzelnen Kilometer, den ich hierher fahren musste.«

Viskeletti stieg langsam aus dem Wagen. Dabei ließ er die hell erleuchteten Fenster des Hauses nicht aus den Augen. Noch konnte er Pescorts Wohnung nicht wirklich orten, musste vorsichtig sein. Der Ungar konnte niemanden erblicken. Leise schloss er die Tür des Autos und bewegte sich katzengleich und lautlos über die Straße auf das mehrstöckige Haus zu.

»Scheißgegend«, dachte er sich, als er im Hintergrund die Hafenkräne, Bürogebäude und Raffinerie-Tanks in die Höhe ragen sah – eine Silhouette, die so gar nicht seiner Vorstellung von Schönheit entsprach.

In wenigen Minuten würde er auf etwas wirklich Schönes treffen, das wusste er.

Viskeletti blieb an der Eingangstür des Hauses stehen und blickte auf die zahlreichen Klingeln. Er musste zweimal schauen, ehe er am Namen Maritt Pescort hängen blieb.

»Volltreffer!«

Maritt lag bäuchlings auf der roten Couch. Ihr Körper kam dem eines Models gleich. Jetzt, da sie das Haus nicht mehr verlassen wollte, hatte sie sich von sämtlichen Kleidungsstücken befreit. Lediglich ihren schwarzen Stringtanga hatte sie noch an. In den Sommermonaten so zu schlafen war ihr am liebsten. Bei der Hitze, die in den vergangenen Tagen mehr und mehr auch Holland erreicht hatte, brachten auch die Nachtstunden in der kleinen Wohnung kaum Abkühlung. Leise surrte an der Decke der riesige Ventilator, der in die neueste Retro-Design-Schiene passte und die Fünfzigerjahre imitieren sollte.

Die 28-Jährige hatte sich schon seit Langem angewöhnt, nur das Allernötigste zu tragen, wenn es Zeit war, ins Bett zu gehen. Ausgerechnet an diesem Abend jedoch war sie auf dem Sofa eingeschlafen. Als sie kurzzeitig erwacht war, hatte sie überlegt, sich doch noch ins Bett zu begeben, den Gedanken aber gleich wieder verworfen und sich dafür entschieden, die Nacht hier auf der Couch zu verbringen.

Viskeletti musterte die Eingangstür. Ein Blick auf das Schloss verriet ihm, dass keine Gewalt vonnöten sein würde, um in das Treppenhaus zu gelangen. Ein leichter Druck ließ die nicht verschlossene Glastür aufspringen, sodass der Ungar nun im Flur des Gebäudes stand.

Er bewegte sich immer noch mit grenzenloser Sicherheit: unauffällig, schlau, leise.

Eine Sekunde hielt er inne, als er hinter sich Stimmen hörte. Seine Hand wanderte unter seine Jacke und legte sich um den Schaft seines Messers, die Mordwaffe aus der vergangenen Nacht. Doch es dauerte nur einen Moment, dann war es wieder still.

»Fußgänger!«, schoss es ihm durch den Kopf.

Langsam ließ er seine Hand wieder aus der Jacke gleiten. Stufe für Stufe, Tritt für Tritt machte sich Viskeletti in völliger Dunkelheit auf den Weg nach oben. Die winzige Taschenlampe wies ihm den Weg von Tür zu Tür. Die holländischen Namen brachten den jungen Ungarn zum Schmunzeln.

»Das sind Namen! Aber was soll's. In wenigen Minuten bin ich mit meiner hübschen Fracht wieder weg.«

Als Viskeletti die dritte Etage erreicht hatte, begann er innerlich zu fluchen.

»Wo wohnt dieses Miststück nur?«

In dem kargen Flur, lediglich beleuchtet von den wenigen Lichtstrahlen seiner Taschenlampe, wirkte das gesamte Haus wie eine billige Absteige: weiß gestrichene Wände mit zahlreichen Spuren von Um-, Aus- und Einzügen sowie kleinen, nicht den Namen Graffiti verdienenden Schriftzügen. Die Türen der Wohnungen waren schwarz lackiert und teilweise mit einem Spion ausgestattet: ein Detail, das ihm sofort ins Auge gefallen war.

»Gar nicht gut«, zischte der sonst lautlos agierende Viskeletti.

Sein ursprünglicher Plan, einfach bei Maritt zu klingeln und sie in der offenen Tür zu überrumpeln, war damit hinfällig geworden. Ein wachsamer Blick durch diese kleine Öffnung könnte alles zerstören.

Schließlich las er den Namen Pescort.

Unweigerlich ging es ihm durch den Kopf: »Dass sich die erste Sekretärin eines der reichsten Männer Europas keine andere Wohnung leisten kann?«

Viskeletti nahm die mit einem Spion ausgestattete Tür in Augenschein. Das Ding war vollkommen tauglich. Er musterte das Türschloss. In puncto Sicherheit zwar es nicht das schlechteste, mehr aber auch nicht. Viskeletti setzte seinen Dietrich an, gab das Unterfangen jedoch gleich wieder auf, als er einen massiven Widerstand spürte. Ob die Tür einem Fußtritt standhalten würde? Er musterte kurz seine Schuhe, eine Art Springerstiefel, die er fast immer trug. Wahrscheinlich wäre es ihm ein Leichtes gewesen, die Tür mit einem gewaltigen Schlag aus den Scharnieren zu treten, aber das hätte zu viel Lärm gegeben.

Er musste eine Lösung finden, die ihn seinem Ziel näherbrachte, gleichzeitig aber nicht das ganze Haus in Aufruhr versetzte. Es dauerte noch lange Minuten des Nachdenkens, dann hellten sich die Gesichtszüge Viskelettis mit einem Mal auf. Ja, beinahe hätte er lauthals gelacht. Das Öffnen der Tür war zum Kinderspiel geworden. Unter der Fußmatte schaute einer Einladung gleich die Spitze eines Schlüssels hervor. Viskeletti brauchte sich nur zu bücken. Er hob den Schlüssel auf, steckte ihn ins Schlüsselloch und drehte ihn langsam herum.

14

Das Knacken war weithin zu hören gewesen. Nachdem Frank Mellendorf wieder zur Besinnung gekommen war, hatte er sich bewegt und dabei zwei Teile des Lüftungsschachtes leicht verschoben. Das Geräusch erschreckte ihn und er stieß mit dem Kopf nach oben gegen das Metall. Leicht benommen hörte er die Stimmen unter sich und spürte, wie Blut von seiner Schläfe tropfte.

»Er muss noch hier sein! Er muss!«

»Laurent! Sei vernünftig. Er ist uns entwischt. Wir haben alles, wirklich alles auf den Kopf gestellt. Das ganze Hotel gleicht einem Schlachtfeld. Er ist nirgends. Lass uns die Fahndung außerhalb des Hotels nochmals intensivieren. Wir kriegen ihn. Und dann wird er büßen müssen! Seine Flucht ist mehr als ein Hinweis. Sie ist ein Geständnis. Das Schwein dachte wohl, dank seines Geldes könnte er sich alles erlauben.«

Der junge Polizist nahm Leclerc am Arm und zog ihn aus der Küche hinaus auf den Flur, der zur Lobby führte. Leclerc schüttelte noch immer den Kopf, griff zu seinem Mobiltelefon und wendete sich an die Zentrale: »Alle verfügbaren Beamten sollen das Stadtgebiet durchkämmen. Von den geschlossenen Straßenkreuzungen aus südlich in Richtung Strand. Wenn der zweite Helikopter eingetroffen ist, soll er sich auf den

Strand konzentrieren. Der jetzige soll in Richtung Osten die Küste absuchen – wenn nötig bis zur italienischen Grenze. Die Behörden dort werden alarmiert. Kein Franzose und kein Ausländer verlässt mir das Land, ohne seine Fresse einem Polizisten gezeigt zu haben.«

Dass Leclerc seine Kompetenzen mit diesen Befehlen bei Weitem überschritten hatte, war ihm in diesem Moment vollkommen egal. Er würde es sich nie verzeihen, ließe er den ab morgen wohl bekanntesten Verbrecher entwischen.

Leclercs Gedanken waren schon bei den Boulevardblättern des kommenden Tages: »Millionär Mellendorf mordet – Polizei schläft!« und »Mordender Millionär nutzt Beamten-Tiefschlaf!« So würden die Schlagzeilen der großen Zeitungen in Frankreich, Holland und Deutschland wohl lauten. Die Pressemitteilungen seines eigenen Hauses würden ihn kaum davor bewahren, sehr, sehr unangenehme Fragen der so ungeliebten Schreiberlinge zu beantworten. Es wäre nur eine Frage der Zeit, bis die Journalisten wie ein Wespenschwarm über ihn herfallen würden, sollte er Mellendorf nicht kurzfristig dingfest machen können.

In diesen Sekunden wurde Leclerc kaum Herr seiner Ängste. Der sonst so erfolgreiche Kommissar spürte, wie seine Hände zu zittern begannen und es ihm die Kehle zuschnürte. Ein Beamter riss ihn aus seiner Anspannung.

»Chef, wir kriegen ihn! Das wissen Sie und das weiß ich. Es ist nur eine Frage der Zeit. Er ist vielleicht aus diesem Scheiß-Hotel geflüchtet, aber er kommt nicht aus der Stadt. Er kennt sich nicht gut aus und trifft auf

Hunderte von unseren Jungs. Keine Bange! Er wird uns ins Netz gehen und darin zappeln, bis wir die Wahrheit aus ihm herausgequetscht haben.«

Diese Worte beruhigten Leclerc.

»Okay. Alle Mann jetzt raus hier. Ihr kehrt in jedem einzelnen Haus an der Croisette das Oberste zuunterst – auch im Kongresszentrum. Und nachdem Gott und die Welt inzwischen weiß, dass wir einen Mörder jagen, ist es mir auch scheißegal, wenn ihr dort eine große Party platzen lasst.«

Leclerc blickte auf seine schwarze Digitaluhr: 20.44 Uhr war darauf zu lesen. Vor weit mehr als sechs Stunden hatten sie den Mörder festgenommen. Und dann auf peinlichste Art wieder ziehen lassen. Ein Skandal! Leclerc wusste, dass er mit dieser Meinung nicht allein sein würde.

Mellendorf wischte sich das Blut von der Stirn. Er hatte jedes der Worte verfolgt, die die Polizisten unter ihm gewechselt hatten, sie geradezu in sich aufgesogen. Handelte es sich nur um einen Trick? Hatte man ihn längst entdeckt und wollte ihn nur in Sicherheit wiegen und aus seinem Versteck locken?

Er zitterte am ganzen Körper. Ratlos blickte er nach vorn, wo durch den schmalen Gang kein Durchkommen mehr möglich war. Hinter ihm lagen rund zwei Meter, die er robbend hinter sich gebracht hatte. Ebenso könnte er sich auch wieder zurückbewegen. Nur an ein Umdrehen war in der engen Röhre nicht zu denken. Somit war klar: Würde er die Lüftung verlassen, müsste er dies mit den Füßen voran tun, könnte nicht sehen, was ihn erwartete.

Mellendorf entschied sich zunächst einmal dafür, noch ein wenig zu warten. Zu frisch klangen ihm die Flüche von Leclerc in den Ohren. Was ihn aber am meisten verunsicherte, war, dass er bereits zum Mörder abgestempelt wurde. Kein Suchen nach anderen, kein Gedanke an seine Unschuld. Die französische Polizei hatte ihren Täter: Frank Mellendorf. Ein spektakulärer Fang würde er sein, ein dicker Fisch. Sein gesamtes Imperium würde unter den erdrückenden Vorwürfen wackeln, denen er nicht viel entgegenzusetzen hatte.

»Mc Lorey!«, schoss es Mellendorf durch den Kopf. »Er muss mich entlasten können! Wir waren bis zu meinem Eintreffen im Hotel ununterbrochen zusammen!«

Doch würde man ihm und einem durchgeknallten Hollywood-Regisseur Glauben schenken?

Mellendorfs Euphorie über den Einfall, dass er mit Mc Lorey ein Alibi haben würde, wich wieder den Zweifeln. Sich stellen? Nein! Zunächst würde er selbst den Regisseur suchen und ihm erzählen, was passiert war. Mc Lorey war schließlich sein Freund – diesen Glauben hatte Mellendorf bis zu diesen Minuten nicht verloren. Warum auch? In den vergangenen Jahren waren beide aneinander gewachsen, hatten viel Geld verdient, war eine echte Männerfreundschaft entstanden. Dass Mc Lorey ein Mann von Welt war, hatte Mellendorf stets gewusst. Ein Mann, auf den er in jeder Sekunde würde zählen können und der sein volles Vertrauen genoss.

»Wie komme ich hier nur raus?«

Mellendorf überlegte. Er blutete immer noch und inzwischen bildete sich in dem Metalltunnel eine Lache.

Stück für Stück schob er sich nach hinten, erreichte mit den Füßen das Gitter, das ihn in den vergangenen Stunden vor den Augen der Polizei geschützt hatte, und stemmte sich mühsam und mit schmerzenden Beinen dagegen. Er fühlte sich eingepfercht, hatte den Drang, sich endlich wieder bewegen zu können. Die Blutarmut in seinen Beinen wurde unerträglich. Hatte er Sekunden zuvor noch den Gedanken gehegt, weiter in seinem Versteck auszuharren, so war er sich nun sicherer denn je, dass er so schnell wie möglich raus wollte aus seinem Gefängnis.

»Nur raus hier.«

Er begann, mit sich selbst zu sprechen: »Raus, raus, raus!«

Wie hatte er es nur so lange aushalten können? Zusammengekauert im Dunkel des Schachtes ohne einen noch so leisen Luftzug?

Mellendorfs Gedanken wirbelten immer noch durcheinander. Angst hatte sich in panischer Weise in dem einst so stolzen Ölmagnaten breit gemacht. Er verstand die Welt nicht mehr und fand nur schwer in die Realität zurück. Eine Realität, die für ihn jedoch eine andere war als für all diejenigen, die auf der anderen Seite standen. Auf der Seite der Justiz.

Mit einem Tritt befreite sich Mellendorf aus der Enge und einer Situation, wie er sie noch nie erlebt hatte. Die kleine Klappe am Einstieg des Schachtes kippte nach unten und schwang mehrfach durch. Zur Freude von Mellendorf ging alles nahezu lautlos vonstatten. Er hatte ein lautes Scheppern befürchtet. Wenigstens das blieb ihm erspart.

Mit den Füßen voraus rutschte er ins Ungewisse, bewegte sich ganz langsam. Zunächst ragten die Schuhe in die Küche des Hotels, dann schob er mehr und mehr seinen Körper nach.

Als er auf der Höhe der Oberschenkel angekommen war, konnte Mellendorf die Körperspannung nicht mehr halten. Er rutschte, fing sich aber noch kurzzeitig mithilfe seiner Hände ab und konnte so einen Blick in die Küchenräume werfen. Wäre noch jemand hier gewesen, er hätte ihn längst gesehen. Doch die Küche war wie ausgestorben. Mellendorf ließ sich nach unten fallen und landete mit beiden Beinen auf dem Boden. Flink bewegte er sich mit einem Ausfallschritt hinter die schützende Front eines Großküchenherdes.

Seine Augen auf die Schwingtür gerichtet, verharrte Mellendorf kurz in dieser Position. Trotz seines angestrengten Atmens und seines hämmernden Pulsschlages versuchte er, sein Gehör voll auf die Geräusche außerhalb der Küche zu lenken. So sehr er sich aber auch bemühte: Er konnte nichts hören.

Mellendorf fasste sich ein Herz, schnellte hinter dem Herd hervor und war mit drei großen Schritten an der Tür angelangt. Diese begann leicht zu schwingen, sodass er durch den Spalt kurz hinaus auf den Flur blicken konnte. Dieser Moment genügte Mellendorf, um auch den nächsten Schritt zu wagen. Er tastete sich an der Mauer entlang nach vorne in Richtung Rezeption.

Die noch eine Zeit lang hinter ihm pendelnde Küchentür blieb unbemerkt. Mellendorfs Herz raste. Die Pulsschläge in seinem Hals und seinem Kopf fühlten sich an wie die Schläge eines Presslufthammers. Das Schlucken fiel ihm schwer, er konnte kaum atmen.

Mellendorf zwang sich dazu, tief durchzuatmen, um seinen Körper weiter mit Sauerstoff versorgen zu können. Das Zittern seiner Finger wurde heftiger und heftiger und die Knie des Unternehmers begannen zu schlottern – ein Gefühl, das ihm in dieser Form vollkommen neu war. Jetzt musste er die Regeln anderer befolgen oder fliehen. Mellendorf hatte sich für Letzteres entschieden und wurde in einen Strudel von Gefühlen gezogen, die er so nicht kannte, die ihn in ihrer vollen Stärke trafen und fast zu Boden warfen.

Mit den Fingerspitzen tastete er sich zur Rezeption. Jede noch so kleine Erhebung in der Wand, jeder kleinste Falz in der Tapete – nichts blieb ihm verborgen. Zentimeter für Zentimeter schlich sich Mellendorf nach vorn, bis er plötzlich Stimmen hörte. Die Panik in ihm glich einem Vulkan, bereit auszubrechen.

»Morgen sollen hierher die Gäste zurückkommen? Das glaub' ich nicht!«, hörte Mellendorf eine Stimme sagen.

»So ist es geplant«, antwortete eine weibliche Person.

»Wurde die Putzkolonne schon angefordert?«

»Nachdem die letzten Polizisten abgerückt sind und die Spurensicherung ihre Arbeiten abgeschlossen hat, wurde von oberster Stelle das Signal gegeben, dass sie sofort anrücken kann. Dürfte nur noch wenige Minuten dauern.«

»Wird Zeit, dass hier wieder Normalität einkehrt. Die Stars werden entsetzt genug sein, dass es hier zu einem Mord gekommen ist. Hat sich ja längst alles rumgesprochen. Hast du gehört: Der Mörder soll ein Millionär aus Holland sein.«

Hatte Mellendorf richtig gehört? Ihn beeindruckte schon längst nicht mehr, dass er als Mörder bezeichnet wurde, dass man ihm dieses Verbrechen zutraute. Nein. Vielmehr waren seine Ohren an einem anderen Satz der beiden Hotelbediensteten hängen geblieben. Hatte die weibliche Stimme tatsächlich gesagt: »Nachdem die letzten Polizisten abgerückt sind …?« Hatten die Beamten das Hotel verlassen? War er hier gar sicherer, als er es an irgendeinem anderen Ort in dieser verfluchten Stadt sein konnte? Mellendorf lauschte erneut und schnappte jetzt immer undeutlicher werdende Gesprächsfetzen auf.

»Die Polizei wird nicht locker lassen, ehe sie das Schwein …«

»Er wird sich verantworten müssen. Längst heißt es, er habe schon mehrmals …«

Immer leiser wurden die Stimmen, bis nichts mehr zu hören war. Mellendorf war wieder allein. Er wagte einen Blick an der Rezeption vorbei in Richtung Hauptausgang. In der Tat konnte er in den Hotelräumen keine Polizisten mehr erkennen. Durch das Eingangsportal sah er im trüben Licht vor dem Gebäude immer noch blaue Lichter und Uniformen. Zudem prangte ein rot-weißes Band direkt vor dem Eingang. Eng verknotet auf beiden Seiten, links und rechts flankiert von Beamten.

Von der anderen Seite kamen die Stimmen zurück.

»Mist«, fluchte Mellendorf kaum hörbar und trat wieder in den Schatten des Korridors, der zur Küche führte.

»Wir werden morgen wieder voll belegt sein. Die Buchungen zum Festival wurden alle aufrechterhalten.

Nicht ein Einziger hat storniert. Ich habe den Eindruck, die sind richtig scharf drauf, gerade jetzt hier zu übernachten.«

»Nicht nur dekadent, sondern auch noch geil auf Sensationen. Ich bin froh, wenn ich hier raus bin und Feierabend machen kann.«

Mellendorf sah die beiden Hotelbediensteten erneut passieren, dieses Mal wieder in Richtung des Eingangs. Er schlich sich nach vorn. Die lange Theke der Rezeption lag rechts von ihm, der Eingang links. Noch einmal schaute er den beiden hinterher, dann setzte er zu einem kurzen Sprint an. Leichtfüßig, geräuschlos und ohne sich umzublicken, hechtete er rund zwanzig Meter an der hohen Theke entlang, ehe er vor einer eschefarbenen Tür zum Stehen kam. Wieder schlug sein Herz schneller und schneller, bevor er sich dafür entschied, langsam die Tür zu öffnen.

15

Laurent Leclercs Augen klebten an der Türklinke, die sich langsam nach unten senkte. Die Müdigkeit stand dem Kommissar ins Gesicht geschrieben. Doch welche Überraschung würde ihm nun blühen? Längst hatten ihn Zweifel ereilt. Zweifel an allem. An sich. An den Geschehnissen der letzten Stunden. War das alles noch Realität?

»Laurent? Bist du da?«

Die Stimme, die durch den kleinen Spalt in das Büro Leclercs drang, war hoch, unsicher, leise.

»Ja«, erwiderte Leclerc kurz, woraufhin seine frisch angetraute Frau den Raum betrat.

Stunden zuvor hatte er sich von der Croisette zurückbegeben und in der Direktion einen Lageplan des Hotels und der Umgebung genauestens unter die Lupe genommen. Von hier aus gelang es dem Kommissar, die gesamte Stadt unter seine Regie zu stellen. Der Fokus lag auf dem Ein- und Ausgangsbereich des »Palasthotels«, jedoch hatte er seine Beamten auch in allen angrenzenden Straßen positioniert. Cannes Süden war – einer Festung gleich – abgeriegelt. Auf den klassischen Routen gab es kein Hinaus für den Mörder.

»Nellie, komm zu mir.«

Mit diesen Worten schloss Leclerc seine aus England stammende Frau in die Arme. Er drückte sie mit seinen muskulösen Armen so fest an sich, dass ihr der Atem stockte.

»Laurent, nicht so fest!«

»Ich brauche dich, ich brauche Halt, ich brauche ...«

Nellie Leclerc drückte ihre Lippen auf die ihres Mannes. Zart, aber bestimmt küsste sie ihn und nahm ihm damit die Chance weiterzusprechen. Dann hielt sie kurz inne und entgegnete ihm: »Deshalb bin ich da.«

Laurent erwiderte nun ihren Kuss und sie versanken kurzzeitig in ihrer eigenen Welt. Fernab von Morden und Mördern, von Verdachtsmomenten und Indizien, von Millionären und Hotelangestellten.

Als beide sich wenige Sekunden später wieder voneinander lösten, begann Laurent: »Ich weiß alles und ich weiß gar nichts. Wir hatten das Schwein und haben es verloren.«

Seine Frau nickte: »Die Medien berichten von nichts anderem mehr. Wie ist er euch entwischt?«

Leclerc schilderte seiner Ehefrau, wie es zur Festnahme und zu der anschließenden Flucht Mellendorfs gekommen war. Er beschrieb ihr zudem, wer der Deutsche war und was er von ihm hielt.

Stillschweigend, den Kopf auf seiner Schulter, hörte Nellie ihrem Mann zu. Zuhören war in den Jahren ihrer Ehe stets die Stärke von Nellie Leclerc gewesen, um ihrem Mann die Chance zu geben, sich die vielen Sorgen, die sein Beruf Tag für Tag mit sich brachte, von der Seele zu reden. Oftmals hatte sie ihm gar nicht bewusst zugehört. Ein Umstand, der ihm manchmal klar wurde, der ihn aber nicht von der Wichtigkeit dieser Gespräche abbringen sollte. Die Unterredungen mit seiner

Frau waren für Leclerc eine Art Therapie gegen das Böse, das seinen Alltag beherrschte.

Doch dieses Mal hörte Nellie ihm sehr genau zu.

»Ein Millionär, der alles auf der Welt mit seinem Geld kaufen kann. Ein Unternehmer, der quer über den ganzen Kontinent Ansehen genießt. Ein Deutscher, der in Frankreich im Urlaub weilt. Warum bringt ein solcher Mensch ein total unbekanntes, hübsches, junges Mädchen um? Welches Motiv hat er, wo er sich doch nahezu jedes weibliche Wesen mit seinem vielen Geld gefügig machen kann? Warum wird ein solcher Mann zum Mörder?«

Laurent hörte die Worte seiner Frau wie durch einen Filter an sein Ohr dringen.

»Millionär ... Mörder ... Warum?«, wiederholte er.

Nellie blickte ihn verständnislos an.

»Wie bitte?«

»Millionär, Mörder, warum ... Ich sitze hier seit zwei Stunden und denke an nichts anderes mehr als genau daran, Nellie!«

Leclerc machte eine lange Pause. Dann sah er auf und seiner Frau tief in die Augen.

»Nellie! Wir hatten den Falschen. Wir jagen den Falschen. Aber warum ist er geflohen?«

Fragend schaute er zu seiner Frau, die sich nun auf seinen Schoß setzte.

»Weil ihr einen Fehler gemacht habt? Vielleicht deshalb. Vielleicht habt ihr ihn zu sehr unter Druck gesetzt. Vielleicht konnte er mit der Angst, zum Mörder gestempelt zu werden, nicht umgehen? Aber was macht dich so sicher, dass er es nicht war?«

»Ich bin mir nicht sicher, aber meine Gefühle haben sich komplett gewandelt. Ich glaube, dass er es nicht war. Und dennoch lasse ich ihn jagen, bis er mir in die Augen sieht und mir sagt, dass er es nicht war! Ich muss als Erstes nochmals die Videos analysieren, vor allem, wie er zu seiner Suite gelangt ist. Dann sehe ich hoffentlich klarer. Vielleicht war er es ja doch? Vielleicht ist er einfach ein perverses Schwein?«

Nellie Leclerc schloss ihren Mann fest in die Arme.

Sie drückte ihm einen Kuss auf die Wange und sagte: »Wenn er es nicht gewesen sein sollte, gib ihm eine Chance, dass er es beweisen kann. War er es aber doch, dann mach ihn fertig!«

Nellies Ausdruck wurde eiskalt und Laurent schauderte es kurz, als er sie so reden hörte. Aber er wusste: Wie niemand anderes auf der Welt sehnte sich seine Frau nach Gerechtigkeit, Rechtschaffenheit und Ehrlichkeit.

Nellie waren Verbrecher und Verbrechen ein Gräuel, und doch wurde sie als Frau des bekanntesten Kommissars der Region immer wieder damit konfrontiert. Sie war sich darüber im Klaren, dass ihr Mann seinen Job liebte. Er sah es als seine Berufung an, Mörder, Räuber und Sexualstraftäter hinter Schloss und Riegel zu bringen. Doch sie selbst hasste diesen Beruf ihres Mannes. Eines Tages würde sie ihm das sagen müssen, um nicht selbst daran zugrunde zu gehen.

16

Maritt lag so gut wie nackt auf dem Sofa ihres Wohnzimmers. Sie hatte sich auf die Seite in Richtung Lehne gedreht und streckte Viskeletti ihr nur mit einem String bekleidetes Hinterteil entgegen. Er grinste, als er sein Opfer so schutzlos und aufreizend vor sich liegen sah. Doch seine Aufmerksamkeit galt zunächst nicht ihr. Die angespannten letzten Minuten auf dem Flur des mehrstöckigen Hauses hatten den Ungarn durstig gemacht.

Als wäre er hier zu Hause, lief Viskeletti durch die Wohnung von Maritt Pescort und suchte die Küche. Er öffnete den Kühlschrank, griff nach der Milchflasche in der Tür und nahm einen kräftigen Schluck. Dabei überkam ihn ein Schütteln. Nachdem er die Flasche kurz betrachtet hatte, setzte er sie erneut an. Wieder schüttelte er sich.

»Was für ein widerliches Gesöff!«, grummelte er.

Laut las sich Viskeletti selbst vor: »H-Milch, ultrahocherhitzt, 1,5 Prozent Fett!«

Nach der ewig langen Fahrt war der Ungar entsetzlich müde. Die Milch rann durch seinen Körper und er genoss trotz des jämmerlichen Geschmacks, wie sich die Flüssigkeit in seinem Magen Platz schaffte. In sich versunken, die Milch noch in der Hand, starrte er mit leerem Blick auf den Kühlschrank. Doch plötzlich hatte er wieder das Bild des bezaubernden Hinterteils von Maritt Pescort im Kopf. Er stellte die Flasche zurück an ihren ursprünglichen Platz und schloss die Kühlschranktür, als ihn der Klang der ins Schloss fallenden Tür des Mehrfamilienhauses aufschreckte.

Viskeletti sprang zum Fenster und schaute hinunter auf die Straße. Doch er konnte niemanden sehen. Mit einem Satz stand er wieder auf dem Flur der kleinen Wohnung und blickte hinüber ins Wohnzimmer.

»Dieser Arsch, mein Mädchen, gehört mir!«, flüsterte Viskeletti.

Er ging auf leisen Sohlen ins Wohnzimmer zu Maritt Pescort, die nach wie vor fest schlief. Wehrlos lag sie da, war ihm ausgeliefert. Ihr tiefer Atem war leise zu hören. Rhythmisch senkte und hob sich ihr Brustkorb, sodass Viskeletti, als er sich über sie beugte, die Brustwarzen auf- und abwandern sah. Er strich ihr sanft über die blonden Haare, die sich weich und zart anfühlten und seinen Fingern kaum Widerstand leisteten. Noch immer hatte Mellendorfs Sekretärin nichts von ihrem nächtlichen Besucher registriert.

Schlagartig öffnete sie die Augen. Doch Viskeletti war von ihrer plötzlichen Reaktion nicht überrascht. Seine Hand griff um ihre Kehle und ließ Maritt keinerlei Chance, sich umzudrehen. Sie warf die Beine herum, um sich losreißen und dem festen Griff entziehen zu können. Grenzenlose Angst spiegelte sich in ihrem Gesicht, während sie auf dem Sofa zappelte.

»Wehr dich! Zeig mir, wie stark du bist«, sagte Viskeletti und fasste mit der anderen Hand um ihre Brust.

Wie zwei Schraubzwingen schlossen sich seine Arme um ihren Körper. Maritt versuchte, einen Schrei auszustoßen. Sie ächzte. Aber mehr als ein leises Wimmern drang nicht aus ihrem Mund.

Viskeletti lachte. Schallend. Laut. Beängstigend. Wie ein Tier spielte er seine übermächtige Kraft aus, ließ die junge Holländerin spüren, wie wehrlos sie war. Noch einmal verstärkte er den Druck auf ihren Hals. Maritts Drang nach Luft riss ab und sie spürte nur noch den Schmerz. Ihr wurde kalt und heiß zugleich, bis ihre Kräfte schwanden und sie ohnmächtig zu werden drohte. Gedanken an frühere, bessere Tage schossen ihr durch den Kopf. Sie wähnte sich in der Schule. Im Kindergarten. Ihre Mutter hielt sie im Arm, gab ihr die Brust.

Plötzlich löste sich der Griff um ihren Hals. Mit einem Mal kehrten ihre Sinne zurück. Die Bilder um sie herum wurden wieder klarer. Was vor Sekunden noch verschwommen war, drang wieder in ihr Bewusstsein. Sie hustete. Der Schmerz, der sich in ihrer Kehle wie ein Flammenherd ausgebreitet hatte, war kaum auszuhalten. Sie drückte ihr Gesicht in die Sofalehne und löste sich wieder. Ihre Kräfte ließen mehr und mehr nach. Sie sank in sich zusammen, spürte aber ein neuerliches Aufbäumen, als sie den Atem an ihrem Ohr bemerkte.

Eine leise Stimme flüsterte: »Du sollst nicht sterben! Noch nicht! Und nicht durch meine Hand!«

Viskeletti lachte wieder. Sie hörte ihn und empfand Hass. Nicht nur für die Schmerzen, die er ihr zugefügt hatte, und ihre Atemnot. Auch dass sie nahezu nackt vor ihm lag und seinen massigen Körper hinter sich spürte, war nicht das Schlimmste. Es war das grässliche Lachen, das hinter ihr erschallte, vermischt mit dem hässlichen Atem Viskelettis. Maritt hatte erkannt, dass er zu allem fähig war, und sie ergab sich in ihr Schicksal. Nur nicht mehr lachen sollte er.

Viskeletti änderte seinen Tonfall. Plötzlich hörte Maritt eine warme, freundliche Stimme.

»Wenn du nicht schreist und wenn du nicht meinst, davonlaufen zu müssen, dann können wir jetzt hier nebeneinander sitzen und uns wie zwei erwachsene Menschen unterhalten«, sagte er ihr leise und fast zärtlich.

Maritt zögerte. Kaum waren die Kräfte wieder in ihren Körper zurückgekehrt, hatten die Schmerzen nachgelassen, schon forderte Viskeletti eine Reaktion von ihr. Langsam drehte sie sich um. Zum ersten Mal blickte sie ihm in die Augen, die so ganz anders waren, als sie es sich vorgestellt hatte. Sie sah seinen sportlichen, muskulösen, massigen Körper und sein durchaus ansehnliches Antlitz. Kaum merklich nickte sie.

»Lass es mich hören!«

»Ja«, flüsterte sie.

»Lauter!«

»Ja«, sagte sie.

»Lauter!«

»Ja«, versuchte sie zu schreien.

Viskeletti zögerte.

Er stand auf und sagte: »Okay!«

Als ihre Stimme vollends zurückgekehrt war, machte sich Maritt selbst Mut und sprach Viskeletti an: »Ich möchte etwas anziehen!«

»Das sollte man so schönen Frauen wie dir generell verbieten!«, antwortete dieser, deutete ihr aber mit einer Handbewegung an, dass er sie nicht aufhalten würde.

Maritt griff nach ihren Kleidern, schlüpfte hinein und fühlte sich von einer Sekunde auf die andere wieder stark genug, um ihrem Peiniger in die Augen zu schauen.

»Was willst du? Meinen Körper? Dann nimm ihn dir. Und verschwinde.«

Viskeletti war kurz sprachlos über den Mut und über den Ton, den sie ihm gegenüber plötzlich anschlug.

»Du interessierst mich nicht! Dass du hübsch bist, heißt noch lange nicht, dass ich dich vögeln will. Wir haben anderes mit dir vor!«

»Wir?«

»Du wirst noch früh genug merken, worum es geht. Mehr wirst du jetzt nicht erfahren. Du wirst eine sehr lange, unbequeme Nacht haben – wenn du es so willst. Wenn du allerdings kooperierst, wird es für dich viel erträglicher werden. Deshalb steh jetzt auf, zieh dir irgendwelche Schuhe an, nimm deinen süßen Arsch und komm mit mir nach unten!«

Maritt Pescort stand auf und wollte in den Flur gehen.

Viskeletti hielt sie am Arm fest: »Ich warne dich! Ein Wort, ein Laut, ein Schrei ... und du stirbst durch meine Hände. Auf der Stelle. Leg es nicht darauf an. Ich kann dich töten. Und ich werde es tun, wenn du nicht das machst, was ich dir sage!«

Sie nickte stumm, kehrte ihm den Rücken zu und schlüpfte in ihre weißen Sneakers.

Viskeletti legte seinen rechten Zeigefinger auf seinen Mund, als er die Tür zum Treppenhaus öffnete. Er ballte die andere Hand zu einer Faust und streckte sie Maritt entgegen. Sie verstand genau, was er ihr sagen wollte. Wieder nickte sie kurz. Er packte sie am

Handgelenk und führte sie schnell, aber nicht hastig die steilen Betontreppen nach unten, vorbei an den schmuddeligen und heruntergekommenen Wänden.

Kein Mucks war zu hören. Es herrschte Totenstille. Viskeletti ließ Pescort keine Sekunde aus den Augen. Würde sie schreien, wäre das ihr Tod. Er fürchtete nichts. Warum auch? Selbst wenn jemand aus seiner Wohnung stürmen und den Versuch unternehmen sollte, ihr zu helfen, er wäre ihm in jeder Hinsicht überlegen: bewaffnet, zudem mit unbändiger Kraft ausgestattet und im Infight geschult. Was also sollte geschehen? Darüber hinaus war es Maritt anzusehen, wie groß ihre Angst war. Sie würde nicht den kleinsten Seufzer von sich geben.

Beide schlichen die Treppen hinunter. Fast nahmen sie sich aus wie ein Pärchen, das Hand in Hand aus dem Haus gehen wollte. Sie spürte seinen Griff. Er war unangenehm fest und doch zugleich lax.

»Irgendwie seltsam«, wunderte sie sich, »was kann er nur von mir wollen?«

Als sie Viskelettis Hand nach der Türklinke greifen sah, schmiedete Maritt zum ersten Mal Fluchtgedanken: »Töten? Er kann mich nicht töten!«

Ihr Blick änderte sich.

Viskeletti grinste.

»Ich weiß, was in dir vorgeht! Du hast keine Chance. Keinen Hauch einer Chance. Wag es nicht, wenn du leben willst. Es sei denn, du willst unbedingt sterben.«

Sie schüttelte langsam den Kopf. Viskelettis Grinsen erstarb und wich einer starren, ausdruckslosen Grimasse. Maritt hörte, wie in seiner Jackentasche der Bolzen seiner Pistole einrastete. Als sie die Kälte in seinem

Gesicht wahrnahm, packte sie das blanke Entsetzen. Sie war ihm ausgeliefert, ihr Wille gebrochen. Voller Angst überlegte sie, was sie erwarten würde. Mit ihrem Leben hatte sie innerlich bereits abgeschlossen: Ihr Schicksal war besiegelt.

Maritt Pescort betrachtete den Lieferwagen, zu dem Viskeletti sie geführt hatte. Er öffnete die Fahrertür und stieß sie hinein.

»Setz dich auf den Beifahrersitz und sieh nach hinten«, ranzte er sie an.

Maritt erblickte den Käfig im Gepäckraum und erschrak.

»Sei brav, dann wird das *nicht* dein Platz.«

Langsam setzte sich der Lieferwagen in Bewegung. Alles lief wie am Schnürchen. Viskeletti musterte seine »heiße Fracht« während der ersten Kilometer seiner Fahrt hinaus aus der holländischen Großstadt, die sich mit ihren Krantürmen im Rückspiegel nach und nach von Maritt Pescort verabschiedete. Sie schaute traurig zurück, hatte ihre Ängste für Sekunden begraben und machte sich Gedanken darüber, wie es mit ihr weitergehen sollte. Ihre Finger verkrampften sich in dem Sitzbezug des Kleinlasters und sie spürte die Kälte, die von dem Kunstlederbezug ausging bis tief unter die Haut. Sie fror und hatte doch Hitzewallungen, roch den Dieselgestank und hatte gleichzeitig Viskelettis Parfüm in der Nase. Maritt wurde es schlecht. Ihr drehte sich förmlich der Magen um. Doch Maritt unterdrückte den Würgereiz, der ihr fast die Kehle zuschnürte.

»Nenn mich Ferenc!«

Maritt erschrak. Sie hatte nicht vor, ihn irgendwie zu nennen. Vielmehr war es ihr zuwider, mit ihm überhaupt zu sprechen. Doch Viskeletti wiederholte seine Aufforderung.

»Nenn mich Ferenc! Jetzt!«

Sie brachte den Namen nicht über die trockenen Lippen, würgte noch immer.

»Ferenc – F, e, r, e, n, c! Das kann doch nicht so schwer sein! Los!«

»Ferenc«, sagte sie leise.

»Na also, geht doch!«

Für einen Moment herrschte wieder Stille.

»Dir wird nichts passieren, wenn du mitspielst: Wenn du das tust, was wir dir sagen!«

Sie nickte.

»Leg die Angst ab und wir werden schöne Tage miteinander verbringen!«

Maritt glaubte, nicht richtig zu hören.

»Ich habe keine Angst, du mieses Schwein!«, brach es aus ihr heraus.

Der Lieferwagen legte auf der Landstraße in Richtung Autobahn eine Vollbremsung hin. Maritt wurde durch die gewaltige Kraft nach vorn gerissen, der Gurt drückte in ihren Magen und sie musste sich übergeben.

»Du kleines Miststück. Wisch diese Scheiße auf.«

Viskeletti presste ihren Kopf nach unten. Maritt versuchte, ihr Erbrochenes mit den Händen zu beseitigen. Er drückte ihr einen Lappen in die Hand und wartete wenige Augenblicke, um sie dann mit einem Mal an den Haaren zu packen und ihren Kopf nach hinten zu schleudern.

»Noch einen solchen Satz und du wanderst in diesen Käfig. Ist dir das klar?«

Maritt nickte. In den nächsten Stunden sagte sie nicht einen Ton. Ab und an rann ihr eine Träne über die Wange. Viskeletti grinste. So war es schon besser. Sie brauchte keine Angst vor ihm zu haben. Er liebte Frauen, die ihm in irgendeiner Form Gegenwehr boten und anders als diese Mädchen waren, die alles ohne Wenn und Aber über sich ergehen ließen. Doch dass sie den Respekt vor ihm verlor, das ließ er nicht zu.

17

Alles, was vor ihm lag, war dunkel. Mellendorf fühlte sich einsam, missverstanden und war sich selbst fremd, hatte Angst und niemanden zum Reden. Die Tür hatte er hinter sich sofort geschlossen und ein kleines Schränkchen direkt vor den Eingang geschoben. Das würde zwar kaum jemanden hindern, zu ihm vorzudringen, jedoch wäre es denkbar, dass ihm diese kleine Holzbarriere einen kleinen, wichtigen, ja lebensrettenden Vorsprung verschaffen würde.

In der Dunkelheit, die Mellendorf nun umgab, hatte er kurzzeitig die Orientierung verloren. Er suchte nach dem Lichtschalter, war sich dabei aber nicht sicher, ob er diesen überhaupt finden wollte. Mit den Fingern tastete er die Wand ab. Seine Gedanken schwirrten. Was hatte ihn nur in eine solche Situation bringen können? Längst hatte er es bereut, sein Unternehmen verlassen zu haben, um sich Freiraum zu schaffen und – was er sich sein Leben lang versagt hatte – Urlaub zu machen. Es würde mindestens noch 24 Stunden dauern, ehe sich seine Sekretärin überlegen würde, warum er sich nicht meldete.

Zudem grübelte Mellendorf, welcher Wochentag eigentlich war: Samstag? Oder doch schon Sonntag? Er hatte das Gefühl für die Zeit verloren, konnte nicht einschätzen, wie lange er schon vor der Polizei auf der Flucht war.

»Samstag!«, konstatierte er.

Der schlimmste Fall schien tatsächlich einzutreten. So würde es gar 48 Stunden dauern, bis sich Maritt Pescort Sorgen machen würde, warum sie nichts von ihrem Chef hörte. Wenn überhaupt. Schließlich war sie ein junges Ding, das genau wusste, dass er nach Frankreich gefahren war, um Spaß zu haben. So würde es vielleicht sogar Dienstag werden, ehe sie es versuchen würde, ihn auf seinem Handy zu erreichen. Mit Entsetzen griff er in seine Jackentasche. Das Jackett war leer. Er hatte nicht mal sein Mobiltelefon bei sich. Nichts war dort zu finden – kein Handy, kein Cent, kein Ausweis. Einfach nichts.

Mellendorf hockte sich auf den Boden und spürte, wie ihm ein Schauer über den Rücken lief. Knapp oberhalb des Hinterns begann es zu kribbeln und das Gefühl strahlte nach oben aus bis zu seinem Nacken. Er schüttelte sich, wollte die unangenehmen Empfindungen loswerden. Dann stand er auf und rieb sich an der Wand. Plötzlich ging das Licht im Raum an. Sofort tastete Mellendorf nach dem Lichtschalter hinter sich, schlug darauf und es herrschte wieder Dunkelheit. Seine an das Dunkel gewöhnten Augen hatten indessen nur wenig aufschnappen können. Doch Frank Mellendorf war sich sicher: Er war allein.

Zögerlich suchte er wieder nach dem kleinen weißen Schalter hinter sich und die längliche, dreiflammige Lampe an der Decke des Raumes begann wieder, ihre volle Energie auszustrahlen. Vermutlich handelte es sich um ein Büro. Wo war er hingelaufen? War dieses

Zimmer für ihn der Beginn seiner Flucht aus dem Hotel oder hatte er sich nur noch tiefer in dieses Monster-Gebäude begeben?

Drei Türen standen ihm zur Wahl. Die eine, hinter ihm liegende, schloss Mellendorf aus. Das kleine Schränkchen davor zeigte ihm, dass er von hier gekommen sein musste. Die beiden anderen lagen dicht nebeneinander und waren in Buche gehalten. Im Gegensatz zu der Tür, durch die er in dieses Büro gelangt war, hatten diese Klinken und keinen Knauf. Alles in allem war klar, dass keine der Türen nach draußen führen würde. Davon abgesehen war er sich zwar sicher, dass ihn die Polizei wohl nicht mehr im Hotel vermutete, jedoch würden die Beamten nicht so blöd sein und die Ausgänge unbewacht lassen. Auch der kleinste Hinterhof wird von einem schwer bewaffneten Polizisten abgesichert sein.

Das Kribbeln im Rücken hatte nicht nachgelassen. Taubheitsgefühle stellten sich ein und Mellendorf wurde es übel.

»Wäre ich doch bei dir geblieben, Maritt. Alles wäre gut!«, dachte er.

Mellendorf sehnte sich nach Maritt, begriff auf einmal, wie geborgen er sich bei ihr fühlte und dass er sich in sie verliebt hatte. Eine Träne kullerte über seine Wange.

Die Hände von Maritt Pescort fühlten sich blutleer an. In ihrem Mund steckte ein Taschentuch und durch die Gitterstäbe blickte sie auf die blecherne Innenverkleidung des Transporters. Sie hatte sich ruhig verhalten, so wie es »Ferenc« von ihr gefordert hatte, keinen Mucks mehr von sich gegeben. Doch jetzt hatte er den

Kleinlaster angehalten und sie mit seinen brutalen Händen in den Käfig verfrachtet. Sie hatte versucht, sich zu wehren und dabei eine heftige Ohrfeige kassiert.

»Du gehst jetzt da rein. Ich muss pissen!«, hatte Viskeletti sie angeherrscht.

Sie sah sich traurig im Halbdunkel um und musste an ihren Chef denken.

»Warum bist du nicht bei mir geblieben?«, flüsterte sie verzweifelt.

Sie spürte ihn nahe bei sich und doch war Mellendorf tatsächlich weit entfernt. Als ob sie mit ihm telepathisch verbunden wäre, begann sie zu schluchzen.

18

Einem Vorarbeiter gleich gab Michael Mc Lorey in den riesigen angemieteten Hallen in Monaco seine Befehle. Das Set vor ihm stand nahezu. Die Arbeit eines Regisseurs hatte auch immer etwas von Handwerkskunst, von einem seltsamen Gemisch aus Schreiner- und Maurerarbeit. Der Lebemann Mc Lorey, der Jahr für Jahr auf der ganzen Erdkugel die Kinosäle gefüllt hatte, zimmerte an seinem Film. Er liebte diese Momente, wenn eine irreale Welt um ihn herum geschaffen wurde, bis sie reale Züge bekam: ja, bis er eintauchen konnte in seine Vorstellungen, als wären sie die einzigen, die auf diesem Planeten Bestand hätten.

Das reale Bildmaterial hatte er längst zusammengeschnitten. Mc Loreys Werk nahm nach und nach Gestalt an. So kombinierte er die vielen Szenen aus dem Vorjahr mit den Sequenzen von Mellendorf an der Croisette, die er einen Tag zuvor hatte drehen lassen, als er selbst mit dem Deutschen am Strand entlanggewandert war und die Kameras von allen Seiten Bilder einfingen. Die Szenen seiner Ankunft in diesem Sommer mit dem mürrischen Blick zu dem Taxifahrer waren ebenso im Kasten wie die Smalltalks mit den Schönen auf der Party im Hafen.

Außerdem hatte Mc Lorey bereits seit einem halben Jahr mit den Doubles drehen lassen. Während er für

Mellendorf schnell einen adäquaten Schauspieler gefunden hatte, hatte sich die Suche für ein Pendant zu Maritt Pescort als schwieriger herausgestellt. Der Regisseur kannte das Mädchen nur sehr, sehr flüchtig, hatte sie nur ein, zwei Mal live gesehen und musste nun aufgrund von Fotos, die er von ihr hatte machen lassen, ein Double finden. Vorübergehend hatte er gar überlegt, doch selbst nach Rotterdam zu reisen, um sich eine seiner beiden Hauptdarsteller nochmals in natura anzusehen. Dann aber war ihm die Mappe einer jungen holländischen Schauspielerin in die Hände gefallen.

»Volltreffer!«, dachte sich Mc Lorey und ließ das junge Talent von der Amsterdamer Schule für Schauspiel und Theaterkunst sofort einfliegen.

Als er sie in seinem Büro begrüßte, strahlte er das nervöse blonde Mädchen an und sagte: »Maritt, herzlich willkommen in meinem Reich!«

Sie widersprach nicht, wunderte sich aber schon, warum er sie »Maritt« nannte.

Wie alle Schauspieler, Techniker, Visagisten und die anderen an der Produktion des Films beteiligten Mitarbeiter ließ er auch die Holländerin außen vor, was die Hauptszenen anbetraf. Möglichst klein sollte der Kreis derer sein, die wussten, was sich wirklich hinter den Kulissen abspielte und welche Art von Film Mc Lorey plante. Es sollte sein wichtigster, sein bedeutendster und sein letzter Streifen werden. Alles war perfekt organisiert bis hin zum großen Finale.

Das nachgebaute Eingangsportal des Hotels war bestens bewacht. An der großen Tür standen jeweils zwei Beamte mit Maschinenpistolen im Anschlag. Davor parkte der kleine Renault Mégane.

»Action!«, schrie Mc Lorey.

Mellendorfs Double rannte durch das Portal hinaus auf die Straße, direkt in die Arme des aus dem Wagen springenden Kommissars. Dessen Name war dem Regisseur schnuppe gewesen. Hier endete die Realität und mündete in die Fantasien des Hollywood-Stars. Den realen Mord hatte er perfekt in den Film integriert. Alles Weitere sollte so inszeniert werden, wie sich Mc Lorey die Entwicklung vorstellte. Zwar hatte er vernommen, dass Mellendorf der Polizei entkommen war, was ihn aber nicht davon abhielt, sein Drehbuch nun vollends nach seinen Ideen umzusetzen.

»Was interessiert mich jetzt noch, was Frank tut?«, dachte sich der Regisseur und lachte.

Er hatte keinen Zweifel daran, dass die französischen Beamten den Deutschen über kurz oder lang kriegen würden. Und dann würde sich alles in etwa so fortsetzen, wie es sich Mc Lorey ausgemalt hatte.

Mc Lorey schüttelte den Kopf.

»Cut!«, schrie der Regisseur.

Wieder und wieder ließ er die Schauspieler antreten, immer im Hinterkopf, wie sich sein Freund Mellendorf tatsächlich verhielt. So – und nur so – wollte er die Schauspieler sehen. Hatte er zuvor keinerlei Aufwand gescheut, die realen Szenen in den Kasten zu bekommen, sogar den Mut besessen, die Mordszenen am »Tag der Wahrheit«, wie er es nannte, real zu drehen, so wollte er es nun nicht bei zweitklassigem Bildmaterial aus seinen Studios belassen, zumal ihn dieser Film den größten Teil seines Vermögens kostete. Einen Produzenten mit ins Boot zu holen, wäre ihm allerdings zu riskant gewesen.

Die fünf Leute, die von dem Filminhalt wussten, hatte sich Mc Lorey ganz bewusst aus der Unterschicht ausgewählt. Nach und nach war das Team zusammengewachsen und hatte mit dem kaltblütigen Mörder Ferenc Viskeletti seinen Meister gefunden. Schließlich war es nur so möglich, Realität zu schaffen: durch Geld und Skrupellosigkeit.

Mc Lorey war sich sicher, dass das Stillschweigen wenigstens so lange gewahrt werden könnte, bis der Film abgedreht und die Werbekampagne angelaufen war. Bis zur Premiere, so sein großes Ziel, wollte er sich die Polizei vom Hals halten. Und: Bis dahin musste sein Geld reichen.

Im Grunde genommen aber würde keiner der fünf es wagen zu »singen« oder auszusteigen, dachte sich Mc Lorey. Denn ließe einer der Mittäter alles auffliegen, so käme dies einer Selbstanzeige gleich. Zu häufig liefen die Kameras mit, als dass sich auch nur ein Einziger hätte aus der Verantwortung stehlen können. Selbst als Kronzeuge drohten jedem der Mittäter viele Jahre Haft.

Mc Lorey grinste in sich hinein: »Das ist die Realität!«

Nachdem Mc Lorey schon so viele reale Szenen im Kasten hatte und davon begeistert war, ließ er das gesamte Team nun zum Rapport antreten. Das, was da gerade am Set abgeliefert wurde, war so gar nicht nach seinem Geschmack. Er ließ die Meute allein, die ihn fragend ansah.

Der Regisseur öffnete die Toilettentür, schloss sie hinter sich wieder ab und setzte sich auf den geschlossenen WC-Deckel. Er griff zu seinem Handy und ließ sich seine Kontakte anzeigen. Bei »Vis ...« blieb er stehen und stellte die Verbindung zu Viskeletti her.

»Ferenc, wo bist du?«

»Ungefähr 300 Kilometer nördlich von Ihnen. Irgendwo mitten in Frankreich. Ich habe keine Ahnung, aber mein Navi zeigt mir, dass wir noch rund dreieinhalb Stunden bis Monaco brauchen werden.«

»Gut! Beeil dich.«

Mc Lorey beendete das Gespräch und kehrte zu den Schauspielern zurück. Noch drei, vier Stunden, dann würde die Realität wieder in den Film zurückkehren. Mc Lorey hegte keinen Zweifel daran, dass Maritt Pescort mitspielen würde, und zwar so, wie er sich das wünschte. Und auch der Druck, den er dafür auf sie ausüben würde, würde ungleich heftiger sein, als sie sich das in ihren Fantasien je hätte vorstellen können. Mc Lorey lächelte boshaft.

Er ließ die Schauspieler auf ihre Positionen zurückkehren. Wieder näherte sich der Renault Mégane dem Portal des Hotelnachbaus, hielt mit quietschenden Reifen und heraus- sprang der Polizist. Er hechtete auf die Hoteltür zu, jagte den dort stehenden Beamten aus dem Weg und schrie: »Wo ist er?«

Von oben gab Mc Lorey das Signal: »Cut! Szene im Kasten!«

Er war zufrieden und war sich sicher: Es sollte nicht das letzte Mal an diesem Tag sein, dass er mit der Leistung seiner Akteure zufrieden sein würde.

»Pause! Drei Stunden Pause!«

Mc Lorey brauchte nun die Sekretärin Mellendorfs. Er wusste, dass sie perfekt sein würde. Real und perfekt.

Plötzlich klingelte sein Handy. »Vis …« war darauf zu lesen.

Mc Lorey meldete sich.

»Verdammt! Sie ist weg!«, schrie Viskeletti.

19

Ferenc Viskeletti war nur Augenblicke später wieder von der Toilette zurückgekehrt. Er lehnte sich an die Rückseite des Lieferwagens und zündete sich eine Zigarette an. Aus dem Wagen drang das Gewimmer seiner Fracht. Mit dem Fuß gab er dem Fahrzeug einen kräftigen Tritt.

»Halt die Schnauze!«, knurrte er.

Doch die Geräusche nahmen kein Ende. Panik hatte sich in Maritt Pescort breitgemacht. Sie konnte ihrer Angst nicht mehr anders Herr werden als durch anhaltendes Seufzen und Keuchen.

Viskeletti war das mehr als lästig. Hatte sie stundenlang den Mund gehalten, so würde sie es doch nun noch wenige Minuten im Laderaum des Transporters aushalten!

»Mein Gott, jetzt halt endlich dein verdammtes Maul!«

Er schaute nach links und nach rechts. Keine Menschenseele außer ihnen hatte sich auf den kleinen Autobahnparkplatz verirrt. Er riss die Tür des Kleinlasters auf, sie quietschte mächtig und ein heller Lichtstrahl fiel in den Innenraum. Viskeletti sah hinein und wollte gerade seinen Unmut über Pescorts Wimmern loswerden, als ihn ein harter Schlag unvermittelt im Gesicht traf.

Er prallte zurück, fiel zu Boden und schrie: »Du mieses Stück Scheiße, das sollst du mir büßen!«

Schnell sprang er auf und war wieder an der Gittertür des Käfigs. Dieses Mal jedoch traf ihn der Schlag am Hinterkopf, sodass er mit dem Gesicht voraus auf der Straße im Dreck landete. Viskeletti griff sich an die Rückseite seines Schädels und spürte, wie das Blut über seine Finger strömte. Als er den Kopf hob, traf ihn eine Schuhspitze direkt unterhalb des Kinns und rammte ihm den Kehlkopf in den Hals. Der Ungar würgte. Ein zweiter Fußtritt verletzte ihn am Ohr. Viskeletti sackte seitwärts zu Boden. Um ihn herum wurde es schwarz.

Maritt ließ keine Sekunde verstreichen. Sie schwang sich auf den Fahrersitz und griff zum Zündschloss. Der Schlüssel fehlte. Ihr Blick wanderte durchs Auto.

»Scheiße«, schrie sie panisch und schaute in den Rückspiegel.

Sie konnte den am Boden liegenden Viskeletti nicht sehen, riss die Fahrertür auf, blickte nach hinten und sah, dass er sich noch nicht bewegt hatte. Rasch hechtete sie sich am Auto entlang und gewahrte, dass Viskeletti den Autoschlüssel in den Fingern hielt. Ein weiteres Mal trat sie ihn: dieses Mal in die Magengegend. Keine Regung durchfuhr seinen Körper. Blitzschnell griff Maritt nach dem Schlüssel und floh erneut in Richtung Fahrerhaus. Mit einem Sprung saß sie hinter dem Steuer, schleuderte die Tür hinter sich zu und verschloss diese, so schnell sie nur konnte.

Maritt steckte den Schlüssel ins Zündschloss, drehte ihn herum und genoss für den Bruchteil einer Sekunde das dumpfe Geräusch, als der Motor die Kolben langsam in Bewegung setzte. Sie trat das Gaspedal durch, ließ die Kupplung schnalzen. Der Transporter machte einen Satz nach vorne und die Geräusche des Motors erstarben.

Erneut startete sie den Wagen, ließ ihm dieses Mal ein wenig mehr Zeit. Die Holländerin merkte, wie sich ihre Anspannung löste. Ihr liefen Freudentränen über die Wangen, als sie sich langsam von dem am Boden liegenden Körper Viskelettis entfernte und ihn endlich im Rückspiegel erkennen konnte. Innerhalb von Sekunden zogen die vergangenen Stunden an ihr vorbei: die grässlichen Szenen in ihrer Wohnung auf der Couch, ihre Angst im Treppenhaus vor dem, was sie erwarten würde, das Eingesperrtsein im Käfig des Lieferwagens und ihre Chance zu fliehen, als sie entdeckt hatte, dass Viskeletti vor lauter Wut das Vorhangschloss nicht richtig verriegelt hatte. Blitzartig durchzuckten all diese Erinnerungen ihr Gehirn und sie konnte nichts davon wirklich realisieren.

Der Motor des Kleintransporters brummte. Ein wohliges, warmes Geräusch, das für Maritt den Klang eines sinfonischen Orchesters hatte. Sie versuchte, nicht mehr an Viskeletti zu denken.

»Was war passiert? Eigentlich nichts. Sie war einfach nicht mehr an dem Ort, an dem sie sein sollte. Hatte ein recht unbequemes Taxi nach Süden genommen, aber ansonsten hatte er ihr wenig angetan«, redete sie sich mit stoischer Ruhe ein.

Nur so, dessen war sie sich bereits wenige Sekunden nach ihrer eigenständigen Befreiung sicher, würde sie über den Schock hinwegkommen, den sie erlebt hatte. Vergangenheitsbewältigung durch Schönreden: einen anderen Weg gab es im Moment für sie nicht.

Sie steuerte das Fahrzeug auf die Autobahn. Viskeletti war nur wenige hundert Meter entfernt und doch schon so weit weg. Denn er würde ihr nicht folgen können. Wie auch? War sie doch mit ihm ganz allein auf diesem Parkplatz gewesen und war es ihr doch tatsächlich gelungen, ihn zu überwältigen.

Maritt atmete schwer. Ihre Gedanken wanderten zu ihrem Chef. Er würde sich am Strand die Sonne auf den Bauch scheinen lassen, sich mit den vielen Schönheiten aus der Region vergnügen, sich vor allem fleischlichen Gelüsten hingeben. Maritt hasste ihn in diesen Sekunden dafür. Warum war er nicht bei ihr, um sie zu beschützen? Warum hatte er sie nicht mit an die Côte d'Azur genommen? Wieder rann eine Träne über ihr Gesicht. Sie spürte, wie sehr sie ihren Chef eigentlich liebte.

»Warum bist du nicht bei mir?«, schluchzte sie.

20

Als Viskeletti sein Bewusstsein wiedererlangt hatte, realisierte er sofort, was geschehen war. Er lag am Straßenrand des Parkplatzes und blickte hinter sich. Der Transporter war weg. Und mit ihm seine Fracht, die in wenigen Stunden in Monaco bei seinem Brötchengeber Mc Lorey erwartet wurde. Er griff zum Telefon in seiner Tasche und rief den Regisseur an.

Mc Lorey fluchte: »Anfänger! Versager! Vollidiot!«

Viskeletti kam kaum dazu, seine Sichtweise zu erzählen, bis sich der Regisseur etwas beruhigt hatte.

»Schnapp dir ein Auto! Setz deinen Arsch hinein und hol mir das Mädchen! Und wehe, du krümmst ihr auch nur ein Haar! Sie braucht nicht darunter zu leiden, wie dumm du bist! Ich erwarte deinen Anruf.«

Ungläubig starrte Viskeletti auf das grün schimmernde Display seines Mobiltelefons. Mc Lorey hatte das Gespräch beendet. Er drehte sich um. Keine Menschenseele.

Der Ungar wartete ungefähr fünf Minuten, bis ein roter BMW auf den Parkplatz einschwenkte. Er musterte das Fahrzeug genau, als es an ihm vorbeifuhr. Sofort fiel ihm das Heck auf: vier Auspuffe. Er würde es mit einem stark motorisierten Auto zu tun haben.

Viskeletti ließ das Fahrzeug zum Stillstand kommen, ehe er sich langsamen Schrittes näherte. Die Fahrertür öffnete sich und eine hübsche Frau mittleren Alters schwang sich heraus. Die Beifahrerseite blieb geschlossen.

»Kann ich Ihnen helfen?«, rief die Frau ihm zu, als sie die Wunden an seinem Kopf und in seinem Gesicht sah.

Er musste zum Fürchten aussehen.

»Können Sie mich bitte zum nächsten Krankenhaus bringen?«

»Was ist passiert?«

»Ich stand da hinten zum Pinkeln, da hat mich ein Auto angefahren!«

»Wo ist das Auto jetzt?«

»Mit Vollgas davon!«

»Steigen Sie ein«, sagte die Frau.

»Danke!«

»Wo ist eigentlich Ihr eigenes Auto?«

»Ich sitze drin!«

»Wie bitte?«

Mehr konnte sie nicht sagen, denn schon griff Viskeletti der Frau an die Kehle und drückte vehement zu. In ihrem Gesicht spiegelte sich pures Entsetzen.

»Du Schlampe, du hast die Wahl: Steig aus und du wirst leben. Oder bleib sitzen und du stirbst!«

Er schnappte die Schüssel, stürmte um den BMW herum und riss der Frau die Fahrertür aus der Hand, an die sie sich, auf Hilfe und Rettung hoffend, geklammert hatte.

»Raus!«, knurrte er.

Sie stieg aus und spürte nur noch den Schlag in ihrem Genick, ehe sie auf dem Asphalt zusammensackte.

Viskeletti gab Vollgas. Und er war sich sicher: Er würde Maritt Pescort finden. Schneller als sie es erwarten sollte, schneller als Mc Lorey es ihm zutraute. Und schneller als die Polizei Wind vom gestohlenen Fahrzeug kriegen würde.

Frank Mellendorf wählte zunächst die rechte der beiden Türen. Langsam drückte er den Griff nach unten und wartete, bis der Widerstand stärker wurde und er die kleine, metallene, kalte Klinke ganz nach unten bewegt hatte. Die Tür war verschlossen. Sie bewegte sich keinen Millimeter aus der Zarge. Mellendorf ließ die Klinke nach oben schnalzen und fluchte innerlich.

Noch aber hatte er eine zweite Chance: die linke Tür. Seine Hand näherte sich zögernd dem zweiten Griff, der genau das gleiche Aussehen und die gleiche Haptik hatte. Wieder drückte er die Klinke vorsichtig nach unten und diesmal hatte er Glück. Durch den schmalen Schlitz sah er einen dunklen Raum. Nichts, was Mellendorf nicht erwartet hatte. Er schob seinen Körper durch die Öffnung und machte die Tür wieder zu. Dabei atmete er leise, oberflächlich, unauffällig. Dabei hätte er einen tiefen Atemzug bestens vertragen können. Doch dazu fehlte ihm der Mut.

Wieder begannen seine Finger, die Wände abzusuchen. Er bewegte sich übervorsichtig, um nicht gegen irgendetwas zu stoßen. Als er einen Lichtschalter ertastete, nahm er erneut seine ganz innere Kraft zusammen, tippte diesen mit dem Finger kurz an und ein ganzer Schwarm von Deckenleuchten flackerte nach und nach auf.

Mellendorf stand in einem riesigen Speisesaal, der nun zu einem Drittel lichtdurchflutet war. Nach einer Schrecksekunde wandte er sich sofort wieder um und beendete das Lichtspektakel. Wieder herrschte Dunkelheit, aber Mellendorf hatte sich den Weg durch diesen Saal zur anderen Seite bereits tief eingeprägt.

Er schlich voran, duckte sich und war darum bemüht, möglichst kein noch so leises Geräusch zu verursachen. Lediglich sein schwerer Atem prägte die Szenerie, die für Mellendorf Horror, Angst und Ungewissheit bedeutete. Doch der Milliardär schöpfte auch etwas Mut. Zuviel war ihm in den vergangenen Stunden geglückt.

»Ich werde mich durchkämpfen, meine Unschuld beweisen. Sie werden mir glauben, sie müssen es«, redete sich Mellendorf in diesen Sekunden ein.

Doch die Ungewissheit bemächtigte sich seiner immer wieder und er verzweifelte mehr und mehr. Das Herzflimmern wurde in diesen Momenten schier unerträglich und sein Puls raste. Das Wechselspiel zwischen Hoffen und Bangen brachte seinen Geist und seinen Körper fast an den Rand des Wahnsinns.

Mit dem Fuß stieß er plötzlich gegen ein Stuhlbein. Mellendorf erschrak dermaßen, dass alle Gedanken, alle Ängste wie weggeblasen waren. Er kehrte in die Realität zurück und schüttelte angesichts der vergangenen Minuten den Kopf über sich selbst. Sein Hirn hatte ihm einen Streich gespielt, hatte seinen Körper zu einem Spielball seiner Sinne werden lassen. Was für eine Perversion von Körper und Geist, was für eine Verkehrung seiner Gedanken ins Krankhafte! Erst ein Geräusch, das er mit aller Macht verhindern wollte, zwang ihn dazu, wieder zur Normalität zurückzukehren.

Seine Gedanken schweiften plötzlich wieder zu seinem Unternehmen. Stets war es sein Weg gewesen, durch rationales Denken seinem Gegenüber einen

Deut voraus zu sein. Nur so war es ihm immer möglich geworden, seinen eigenen, ihm viel zu trägen Konzern schwungvoll durch die unsanften Gewässer zu schippern, um konkurrenzfähig zu sein in einem Haifischbecken, das ihm Tag für Tag Entscheidungen abverlangte. Bedeutungsvoll auch für 5000 Angestellte, für die er Verantwortung trug, bedeutungsvoll für ihn selbst. Und bedeutungsvoll für sein gesamtes Umfeld.

Mellendorf nahm den direkten Weg durch den Saal, um am anderen Ende des Raumes wieder auf zwei Türen zu treffen. Beide standen weit offen und er konnte einen Blick hineinwerfen. In den linken der Räume schien Licht herein, sodass er kurz erschrak, dann aber merkte, dass es eine Straßenlaterne war. Er schlich sich durch das kleine Zimmer, das er als Abstellraum klassifizierte, tastete sich an den Möbelstücken entlang und presste seinen Rücken gegen die Wand, um näher an das Fenster zu gelangen.

Als er den Sims erreicht hatte, pochte sein Herz, als würde es seine letzte Energie aufwenden, bevor sein Leben ein für alle Mal beendet wäre. Der Speichel in seinem Mund glich einer matschigen, schwer schluckbaren Substanz, die sich durch seinen viel zu engen Schlund nach unten in seinen Magen quälte. Seine Fingerspitzen zitterten beim Kontakt mit dem kalten, sich feucht anfühlenden Glas der Fensterscheibe. Er hatte das Gefühl, als würde er gegen die Scheibe klopfen, obwohl er sie nur ertasten wollte. Als er mit der Nase die Außenkante des Fensterrahmens erreicht hatte, wagte er hinauszusehen. Ihm fehlte vollkommen die Zuordnung, auf welcher Seite des Gebäudes er sich befand.

»Erinnere dich!«, hämmerte er mit der Faust gegen seinen Kopf.

Mellendorf versuchte zu rekapitulieren, wie er von der Rezeption durch die verschiedenen Räume bis zu diesem Fenster gelangt war. Die Nervosität, die ihn weiterhin fest im Griff hatte, verhinderte allerdings, dass er zu einem Ergebnis kam. Im Prinzip war es ihm aber auch scheißegal. Er wollte nur einen Weg finden, um dieses verfluchte Hotel endlich verlassen zu können.

Er stellte fest, dass er an einem Klappfenster stand. Der Griff war unten in der Mitte angebracht, wodurch es möglich wurde, es nach vorn zu drücken. Mit einem Blick auf das Schloss betete Frank Mellendorf zu Gott, dass das Fenster gegen nächtliche Eindringlinge nicht gesichert sein würde. Er drehte den Griff nach oben und schaute gebannt darauf, wie seine Hände beinahe schon fremdgesteuert ihre Arbeit verrichteten. Als der Griff die Senkrechte erreicht hatte, erhöhte Mellendorf den Druck und spürte, wie sich das Fenster nach vorne bewegte und die erste Brise sich ihren Weg in die kleine Abstellkammer suchte. Er gab einen Stoßseufzer von sich.

Größer und größer wurde die Öffnung. Mellendorf nahm seinen ganzen Mut zusammen und streckte seinen Kopf nach draußen. Keine Menschenseele war zu sehen. Er schob seinen Hals vor, ging in die Knie und war bereit zu fliehen, aber gleichzeitig auch den sofortigen Rückzug anzutreten. Von weit weg hörte er Geräusche, wie sie eine Stadt der Größe Cannes rund um die Uhr von sich gibt. Nichts beunruhigte ihn. Im Gegenteil: Der Sauerstoff, den er in seine Lungen trieb, verhalf ihm zu klarem Denken. Nicht die kleinste

Chance gab er den Selbstzweifeln, die sich wieder anschicken wollten, sich ihren Weg zu bahnen und ihm die Sinne zu vernebeln.

Er zog das linke Knie über die Brüstung und legte sich, mit einem Bein im Freien, auf die Fensterbank. Nach und nach rutschte er weiter gen Freiheit, um dann erleichtert festzustellen, dass die Tiefe, die hinter dem Fenster auf ihn wartete, nicht der Rede wert war. Mellendorf glitt aus dem Hotel hinaus auf den Rasen und hatte dabei genau im Blick, was um ihn herum geschah. Als er im Freien festen Boden unter den Füßen fand, schob er die Öffnung wieder zu und stellte somit sicher, dass man seinen Fluchtweg nicht sofort rekonstruieren könnte. Von Ferne heulten die Sirenen von Polizeiautos. Sie würden ihn suchen. Da war er sich ganz sicher. Doch ob sie ihn je finden würden?

Mellendorf beantwortete sich die eigene Frage mit einem: »Nein.«

Dann lief er die wenigen Meter bis zum nächsten Hotel an der Croisette im Laufschritt. Er musterte den Eingang eines Clubs, der im Keller des Gebäudes untergebracht war und aus dem Musik nach außen drang: »Dangerous Minds«. Dann öffnete der Deutsche die Tür und verschwand über die Treppe aus dem Blickwinkel aller französischen Polizeieinheiten.

Die große Menschenmasse, die auf der Tanzfläche vor sich hin waberte wie ein schwerer, dicker, zähflüssiger Pudding, gab ihm Sicherheit. Zudem verbarg ihn das diffuse Licht. Seit er die Leiche in seinem Zimmer gefunden hatte, waren dies die ersten Minuten, in denen sich Mellendorf wohlfühlte. Ihm war nach einem Drink. Dass er kein Geld bei sich trug, verwehrte ihm den Wunsch nach Flüssigkeit für seine nahezu verdorrte Kehle.

»Frank!«, hörte er eine weibliche Stimme hinter sich sagen und erschrak so sehr, dass er unvermittelt nach dem Arm der Frau griff.

»Hey!«

Mellendorf lockerte den Griff. Ihm stand Merige gegenüber, mit der er ein Jahr zuvor fast im Bett gelandet war.

»Was ist denn mit dir los?«, fragte sie unbeirrt und küsste ihn links und rechts auf die Wange. »Warum bist du so schreckhaft? So warst du doch im vergangenen Jahr nicht!«

Mellendorf sackte in sich zusammen. Merige griff ihm unter die Arme und begleitete ihn auf einen lederbezogenen Hocker in der Nähe der Theke.

»Geht schon wieder!«, huschte es ihm über die Lippen und er blickte in die großen, überraschten Augen der schönen Frau, die er im vergangenen Jahr immens begehrt hatte.

Er zog ihren Kopf zu sich heran und flüsterte in ihr Ohr: »Bring mich hier weg!«

Merige sah in seinem Gesicht das blanke Entsetzen. Verflogen war das gute Gefühl Mellendorfs, das ihn Minuten zuvor noch hatte kurz durchschnaufen lassen.

»Was ist passiert?«

»Bring mich weg von hier!«

»Wohin willst du gehen?«

»Egal. Weg, einfach nur weg!«

»Brauchst du Hilfe?«

»Ja! Verdammt nochmal: Ja!«

Sie blickte ihm tief in die Augen. Er war den Tränen nahe. Merige griff nach ihrer Handtasche, packte Mellendorf am Arm und zog ihn durch die tanzende, feiernde Masse in Richtung Ausgang. Niemand nahm von den beiden Kenntnis, als sie die Tür des Clubs nach draußen öffneten.

»Schau, ob die Luft rein ist«, sagte Mellendorf zu Merige.

Sie entdeckte niemanden und zog ihn aus dem Club.

Wenige Minuten später rauschte ihr weißer Scirocco über die Straßen Cannes hinaus bis zur Stadtgrenze. Im Fahrzeuginneren saß nur Merige.

21

Nervös sah Maritt Pescort immer wieder in den Seitenspiegel des Transporters. Längst hatte sie die Autobahn verlassen und war auf der Landstraße unterwegs. Sie konnte sich nur schwer orientieren. Ein kalter Schauer jagte ihr über den Rücken, als sie an das Gesicht Viskelettis dachte. Die Szenen in ihrer Wohnung gingen ihr nicht mehr aus dem Kopf. Was hatte er eigentlich von ihr gewollt? Warum war sie in seine Fänge geraten? Was um Gottes willen hatte das alles zu bedeuten?

Sie bemerkte ihre zitternden Hände und zwang sich, gegen die Nervosität anzukämpfen. Stets war sie durch ihre innere Ruhe und Ausgeglichenheit im Unternehmen positiv aufgefallen und versuchte nun, sich mit aller Macht wieder daran zu erinnern.

Ihre Psyche ließ sie nicht im Stich. Nach und nach gewann sie wieder ihre innere Stärke. Sie strich über das Lenkrad des Kleinlasters, begann, jede Unebenheit bewusst zu spüren, in sich aufzusaugen. Maritt gelangte wieder zu der Ruhe, die sie brauchte, um einen Ausweg zu finden, um diesem Horrortrip vollends zu entfliehen. Ihr kam ein Gedanke.

»Polizei«, hörte sie sich laut sagen, »ich muss zur Polizei!«

Weiter und weiter fuhr die Holländerin über die Landstraßen und bemerkte dabei nicht, dass sie sich längst auf dem Rückweg zu der Autobahnausfahrt befand, wo sie hergekommen war.

Die Scheinwerfer leuchteten die Straßen aus. Das Xenonlicht kam dem Ungarn gelegen. Und dennoch fluchte er. Viskeletti hatte die ersten Kilometer auf der Autobahn in einem Höllentempo hinter sich gebracht. Nach rund zehn Minuten rauschte er an einer Ausfahrt vorbei.

Plötzlich fiel ihm ein: »Sie ist Holländerin! Sie ist nicht auf dem Weg nach Südfrankreich! Warum auch? Dort wollte ich mit ihr hin! Aber nicht sie!«

Er macht eine Vollbremsung. Die Schnauze des BMW senkte sich tief nach unten, die Reifen quietschten. Kurzzeitig kam das Auto ins Schlingern. Viskeletti war es egal. Er lenkte es auf den Standstreifen, bis es zum Stehen kam. Der Ungar rammte den Rückwärtsgang ins Getriebe und mit durchdrehenden Reifen setzte er das Auto zurück. Rund 300 Meter raste der BMW rückwärts auf dem Standstreifen, ehe er die Ausfahrt erreichte. Mit gezogener Handbremse ließ er den Wagen eine 180-Grad-Kehre machen und rauschte nun vorwärts die Ausfahrt hinaus.

Viskeletti las die Namen der Ortschaften, die ihm vollkommen fremd waren. Es war sinnlos, auf diese Art nach der Holländerin zu suchen.

»Verdammte Scheiße«, brüllte Viskeletti und hämmerte mit voller Wucht aufs Lenkrad, sodass die Hupe des BMW sich lautstark zu Wort meldete.

Er rieb sich mit den Fingern die Augen und schüttelte den Kopf. Als er sie wieder öffnete, sah er im Rückspiegel ein Flackern.

»Fuck off!«, fluchte Viskeletti und gab schlagartig Vollgas.

Augenblicklich hörte er die Sirene des Polizeiwagens hinter sich aufheulen. Die nächste Jagd hatte begonnen: Doch nun war der Ungar der Gejagte.

Maritt Pescort versuchte, die in der Nacht nur schemenhaft an ihr vorbeiziehende Landschaft zu lokalisieren. War sie hier nicht schon einmal vorbeigekommen? Wo genau befand sie sich? Die Wälder links und rechts der Fahrbahn schienen unheilvoll. Schaurig bewegten sich die Bäume im leichten Wind hin und her. Ängste, die sie seit ihrer Kindheit nicht mehr kannte, machten sich in ihr breit. Und obwohl sie sicher hinter dem Steuer des Transporters saß, stiegen ihr Tränen in die Augen.

»Denk endlich wieder!«, fauchte sie sich selbst an. »Dir kann nichts mehr passieren!«

Sie schaute auf die Fahrzeugarmatur. Der Tacho zeigte gerade einmal 60 Stundenkilometer an, doch Maritt kam es vor, als würde sie rasen. Der Blick auf die Uhr verriet ihr, dass sie die halbe Nacht mit Viskeletti unterwegs gewesen war. 4.15 Uhr war dort in hellroten leuchtenden Ziffern zu lesen.

»4.15 Uhr«, flüsterte sie vor sich hin, »4.15 Uhr.« Die Müdigkeit forderte mehr und mehr ihren Tribut. Maritt Pescort merkte, wie sie schläfriger wurde. Gähnend nahm sie die Tanknadel wahr und mit einem Mal war die Holländerin hellwach.

»Tanken! Ich muss tanken!«, entfuhr es ihr.

Wie weggeblasen waren die Sekunden und Minuten, in denen sich Maritt fast dazu entschlossen hätte, den Transporter an den Rand der Straße, vielleicht in einen

Waldweg oder auf einen versteckten Parkplatz zu stellen und einfach zu schlafen.

Daran verschwendete sie nun keinen einzigen Gedanken mehr. Maritts Verstand wurde wieder klar und sie suchte nach einem Verkehrsschild mit einer Kilometerangabe. Wie weit würde es zur nächsten Tankstelle sein? Würde sie noch hinkommen? Oder würde sie hier mit diesem scheiß Transporter liegen bleiben? Mitten in der Nacht? Irgendwo mitten in Frankreich?

Sie drosselte die Geschwindigkeit. Regen hatte inzwischen eingesetzt. Ihr kam es vor, als würde ihr Glaube an ein gutes Ende dieser tragischen Geschichte weggespült – einer Geschichte, in die sie, daran hatte sie keinerlei Zweifel, aufgrund irgendeines Missverständnisses hineingeraten war.

Maritt hielt den Transporter an der Seite der Straße kurz an und analysierte, wo sie sich ungefähr befand. Als sie den Motor des Wagens abstellte, hatte sie den Eindruck, als hätte dieser sein letztes Signal, seinen letzten Laut, sein finales Schnaufen von sich gegeben. Sie drehte den Schlüssel, zündete, doch mehr als ein kurzes Klacken war nicht zu hören. Sie versuchte es wieder und wieder.

»Fuel low«, war auf dem Display zu lesen.

Sie stöhnte laut auf. Eigentlich war ihr zum Schreien zumute. Aussteigen? Sitzenbleiben? Warten? Davonrennen? Die Gedanken in ihrem Kopf explodierten. Ganz deutlich tauchten plötzlich wieder Erinnerungsbilder an das Gesicht Viskelettis in ihr auf.

Endlich kehrte ihr Mut zurück. Sie öffnete die Tür, stieg aus dem Kleinlaster und setzte ihren Fuß auf den

Waldboden neben dem Transporter. Weich und gut fühlte sich das an.

»Was soll mir passieren, wenn ich mich zu Fuß auf den Weg mache? Ich halte mich von der Straße fern und er wird mich niemals finden!«

Als sie ausgestiegen war, wurde sie von einem Schauer ergriffen. Der Wald war stockdunkel. Zwei, drei Schritte ging Maritt voran.

Gerade war sie hinter dem ersten Baum verschwunden, da näherten sich mit rasender Geschwindigkeit zwei Fahrzeuge. Der rote BMW hatte rund 200 Meter Vorsprung, dahinter flackerten die Lichter des Polizeiwagens auf. Die Sirene war aus.

Viskeletti erkannte sofort den weißen Wagen am Straßenrand, doch noch konnte er nicht halten, so gerne er es auch getan hätte. Er lenkte sein Auto durch die nächste scharfe Kurve, bremste nun rapide herunter und ließ die Polizisten aufholen. Dann stoppte er den BMW und wartete, was geschehen würde. Das Einsatzfahrzeug hielt einige Meter hinter ihm, doch noch passierte nichts. Es dauerte eine lange Minute, ehe sich die Polizisten aus ihrem Fahrzeug schwangen. Viskeletti zog die Pistole aus seiner Jacke. Noch einmal schaute er in den Rückspiegel, dann quetschte er sich in völliger Dunkelheit auf den Rücksitz des Autos.

Die Beamten näherten sich der Fahrertür. Ungläubig richteten die beiden Polizisten ihre Blicke auf die leeren Sitze. Sie sahen sich fragend an. Ehe noch einer von ihnen reagieren konnte, bohrten sich die Kugeln aus Viskelettis Pistole in ihre Herzen. Sie waren sofort tot.

An die durchschossenen Seitenfenster, durch die ins Innere des BMW Regentropfen rannen, verschwendete

Viskeletti keinen Gedanken. Er klemmte sich sofort wieder hinter den Fahrersitz, ließ den Motor aufheulen und entfernte sich mit rasender Geschwindigkeit vom Tatort.

Maritts Herz schlug bis zum Hals. Die Schüsse waren in unmittelbarer Nähe abgefeuert worden. Sie wollte davonrennen. Nur weg, nur weg! Doch die schwarze Nacht hinderte sie, den dichten Wald schnellen Schrittes zu durchqueren. Sie stolperte wieder und wieder. Durch die dumpfen Schläge in ihrer Kehle konnte sie kaum schlucken. Ihr Herz musste am Limit sein.

»Hilfe!«, dachte sie und hätte schreien wollen.

Doch kein Laut kam über ihre Lippen, die sie zusammengepresst hatte. Sie biss sich auf die weiche Haut, immer fester, immer massiver. Der Geschmack des Blutes war süß und bitter zugleich. Maritt hörte einen dritten und einen vierten Schuss. Dann konnte sie ganz deutlich das Ausströmen von Luft vernehmen. Er musste es sein. Er hatte sie gefunden und jetzt in die Reifen eines Wagens geschossen.

»Hilfe«, durchfuhr es sie wieder, »hier muss doch jemand sein, der mir hilft. Irgendjemand!«

Aber sie war allein: im Wald, in der Dunkelheit. War allein mit ihm, der immer näher kam, der sie in seinen Transporter gezwängt hatte, der ihr Böses wollte. Warum auch immer.

Sie schlich weiter durch die Bäume, die vor sich hin rauschten, als ob sie ihr sagen wollten: »Du wirst hier keinen Ausweg finden. Du wirst es nicht schaffen.«

Plötzlich fand Maritt Unterschlupf in einer kleinen Waldhöhle. Würde er sie suchen? Tatsächlich suchen? Im Dunkeln? Im dichten Wald?

»Nein, er kann mich nicht finden. Auch für ihn ist es Nacht. Auch er weiß nicht, wo ich bin.«

Sie merkte, wie ihr Blutdruck langsam sank. Da hörte sie ein Knacken im Unterholz und sah Rehe davonhuschen.

»Nur keinen Laut«, dachte sie, »nicht jetzt, nicht hier!«, als sie lautstark ein Auto davonbrausen hörte.

Hatte Viskeletti die offenbar vergebliche Suche nach ihr aufgegeben? Sie hörte wieder ein Auto. Und wieder eines. War sie in der Nähe der Straße?

Plötzlich spürte sie den kalten Lauf einer Pistole an ihrer Schläfe. Sie drehte sich um und blickte in seine kalten Augen.

»Genug der Spielchen«, sagte Viskeletti voller Hass.

Mit ganzer Wucht traf sie seine Faust im Gesicht. Maritt ging zu Boden und verlor das Bewusstsein.

22

Meriges Scirocco bahnte sich seinen Weg an der Küste entlang in Richtung Monaco. Zwei Polizeikontrollen hatte sie zu bewältigen gehabt. Niemand hatte Verdacht geschöpft. Sie schaute in den Rückspiegel und verdrehte diesen so, dass sie die Rückbank direkt im Blick hatte.

»Ich glaube, wir haben es geschafft«, rief sie nach hinten. »Ich halte an. Wir sind schon weit außerhalb der Stadt.«

Sie brachte den VW an einem kleinen Parkplatz zum Stillstand, stellte den 160-PS-starken Motor ab und zog den kleinen Hebel in der Tür. Der Kofferraum schnellte auf, doch Frank Mellendorf traute sich nicht, den Kopf ins Freie zu stecken. Er wartete.

Als sich der Kofferraum hob und er Merige sah, kannte seine Dankbarkeit keine Grenzen. Er kletterte langsam aus dem schmalen Kofferraum heraus, blieb dabei mit dem linken Fuß an der viel zu hohen Ladekante hängen und fiel Merige in die Arme. Ihre Augen trafen sich. Mellendorf näherte seinen Kopf langsam dem ihren und gab ihr einen zarten Kuss auf die Lippen. Aufgeregt und ruhig zugleich küssten sich beide. Es dauerte einige Minuten, ehe sie wieder voneinander lassen konnten.

»Frank! Was ist passiert?«

»Ich weiß es nicht! Ich weiß nur: Ich bin unschuldig!«

»Unschuldig?«

»Ja, unschuldig!«

Sie setzten sich auf die Straßenkante. Merige nahm seine Hand.

»Du bist in Sicherheit bei mir. Egal, was du auch getan hast oder nicht getan hast: Ich habe hier überall Freunde, die uns helfen werden.«

»Ich habe nichts getan!«, sagte er schroff und riss seine Hand zurück.

»Schscht, ich glaube dir ja! Aber ich weiß so gar nichts. Außer ...«

»Was?«

»Ich habe im Radio gehört, dass sie eine Leiche im ›Palasthotel‹ gefunden haben. Hast du damit etwas zu tun?«

»Ich habe sie in meinem Hotelzimmer gefunden, aber ich habe die Frau nicht umgebracht.«

Meriges Blick sagte ihm, dass sie ihm glaubte. Sie drückte ihm einen Kuss auf die Wange. Zärtlich, ja ergeben. Aufreizend und doch Wärme schenkend.

»Setz dich auf die Rückbank. Wir sind außer Reichweite der Ermittler, denke ich. Aber mach dich ganz klein – nicht dass wir doch noch einer Streife begegnen. Wir fahren weiter die Küste entlang. Ich telefoniere mit einem Bekannten in Nizza. Dort kannst du zunächst unterkommen. Niemand wird dich verraten. Hab Vertrauen. Du kennst mich doch. Oder nicht?«

Mit ihren dunkelbraunen Augen sah Merige ihn an. Ihr Gesicht war wunderschön.

Mellendorf nickte. Er war froh, endlich zur Ruhe kommen zu können. Dafür würde er der Französin für immer dankbar sein. Er kletterte nach hinten in den Sportwagen und legte sich quer auf die Rückbank.

Merige setzte sich auf den Fahrersitz und Mellendorf konnte die Augen nicht von ihr lassen.

»Schau mich nicht so an«, sagte sie schelmisch. »Du brauchst nicht dankbar zu sein!«

Doch hinter seinen Blicken verbarg sich mehr. Was hatte er doch im vergangenen Jahr für einen Fehler gemacht, dass er nicht mehr von ihr verlangt, seine Chance nicht genutzt und sich selbst um eine Nacht mit ihr gebracht hatte.

Sie setzte das Auto in Bewegung und bog wieder auf die Küstenstraße in Richtung Nizza ein. Ihrem Insassen auf der Rückbank kamen die wenigen Meter endlos vor. Dabei dauerte es tatsächlich nur eine Minute und schon war er eingeschlafen. Die wahnsinnige Aufregung, die unglaubliche Flucht, die Festnahme – das alles hatte den stresserprobten Mellendorf unendlich viel Kraft gekostet. Die letzten Minuten hatten ihm schließlich nochmals Energie abverlangt, sodass ihm jeder Schlafplatz gelegen kam. Und es machte sich das gute Gefühl der Sicherheit in ihm breit. Sicherheit in einer Welt, die zuletzt so rasant Tempo aufgenommen hatte, dass er ihr kaum noch folgen konnte. Jetzt wollte er nur noch eines: schlafen!

Merige sah in den Rückspiegel. Sie lachte leise, griff zum Handy und wählte eine Mobilnummer. Dann schaute sie auf die Schilder, die nach Nizza wiesen. Langsam fuhr sie von der Fahrbahn nach links ab und wendete. Um 180 Grad. Cannes war nun überall zu lesen. Sie beschleunigte den Wagen und raste zurück – in die Richtung, aus der sie gerade gekommen waren. Endlich meldete sich jemand.

»Michael? Ich habe hier jemanden, den du sehr gut kennst!«

Mc Lorey lachte laut.

»Ist er dir in die Arme gelaufen? Gut gemacht, Mäuschen.«

Auch Merige musste lachen.

»Liebling, wohin soll ich ihn bringen?«

»Was macht er gerade?«

»Er ist eingeschlafen!«

»Wirf ihn in Cannes aus dem Auto ... Nein! Park einfach den Wagen an der Croisette und lass ihn darin liegen! Beeil dich, bevor er aufwacht. Und dann nimm dir ein Taxi und komm nach Monaco ins Studio. Ich warte hier schon auf dich!«

Mc Lorey beendete das Gespräch.

»Das ist doch endlich mal eine gute Nachricht!«

Er sah auf das Display, überlegte kurz und wählte Viskelettis Nummer.

Der Ungar spürte das Vibrieren in seiner Hosentasche. Nachdem er aus dem BMW mit einem Schlauch Diesel abgezapft und den Transporter wieder flott gemacht hatte, schien sich für ihn nun wieder alles zum Positiven zu wenden. Er las den Namen Mc Lorey und grinste, während er das Ersatzrad montierte. Die beiden Schüsse hatten den Reifen vorne links durchbohrt.

»Wie gut, dass ich nur einen durchlöchert habe«, dachte er.

»Chef? Alles ist gut!«

»Was?«, entgegnete ihm der Regisseur.

»Unsere Fracht ist wieder in ihrem Käfig und wird dort bleiben, bis ich bei Ihnen in Monaco bin.«

»Na also!«

Mc Lorey klickte das Gespräch weg. Kurz angebunden war er immer noch, doch innerhalb von wenigen Minuten hatte sich seine Laune mehr als gebessert. Sie war schon fast grandios. Er schaute auf das Schnittpult vor sich. Seinem Lebenswerk war er nun zwei ganz große Schritte nähergekommen. Im Hintergrund trällerte das Radio. Die Musik wurde wegen einer Eilmeldung unterbrochen: eine Warnung.

»In der Nähe von Depardien wurden zwei Polizisten erschossen. Nahe des Fundortes wurde zudem ein gestohlener roter BMW gefunden. Es wird dringend darum gebeten, keine Anhalter mitzunehmen.«

Mc Lorey dachte kurz nach, dann schüttelte er den Kopf. Doch der Gedanke wollte ihn nicht loslassen. Er zog wieder sein Handy aus der Tasche und wählte erneut Viskelettis Nummer.

Der Ungar hatte das Radio im Transporter auf volle Lautstärke gedreht, das Handy lag neben ihm auf dem Beifahrersitz. Er hörte und spürte es nicht.

Mc Lorey ließ es klingeln und klingeln. Doch auf Viskelettis Antwort wartete er vergeblich.

»Er wird doch nicht ...«

Selbst dem erprobten Regisseur schauderte bei dem Gedanken, der Ungar könnte zwei Polizisten umgebracht haben.

»Wenn dieser Idiot das gewesen ist, hetzt er uns die komplette Justiz Frankreichs auf den Hals. Mann, geh ran!«

Mc Lorey warf sein Mobiltelefon quer durch den Raum, sodass der Akku heraussprang.

Als seine erste Wut verflogen war, lief der Regisseur langsam zum Handy, brachte es in Ordnung und meldete es über seine Pin wieder an. Er hoffte auf den Rückruf Viskelettis, doch nichts geschah. Sein Telefon blieb stumm.

23

Laurent Leclerc hatte über den Polizeifunk vom Mord an den beiden Kollegen erfahren. Doch seine Gedanken waren schnell wieder bei seinem eigenen Fall. Noch immer gab es nur negative Meldungen, was den Erfolg der Suche nach Mellendorf anbelangte. Rund um Cannes hatten die Beamten alles abgesucht. Immer und immer wieder kreiste der Hubschrauber über dem Strand an der Croisette. Zudem waren alle Zufahrtsstraßen unter Kontrolle. Leclerc war ratlos. War ihnen Mellendorf trotz des Großaufgebotes entkommen?

An der beliebten Strandpromenade bog derweil der weiße Scirocco ein. Das Passieren der Polizeisperre war dieses Mal wesentlich leichter, war Merige doch auf dem Weg in die und nicht aus der Stadt. Sie fuhr an den am frühen Morgen noch schlafenden Cafés und Geschäften vorbei und blickte auf die Hotelfassaden, die sich an der Croisette dicht an dicht aneinanderreihten.

Schließlich setzte sie den Blinker und stellte ihren Sportwagen ab. Noch immer war sie sich unschlüssig, ob es die richtige Entscheidung sein würde, wenn sie das Auto mit dem immer noch schlafenden Mellendorf an der Straße parkte. Das Kennzeichen würde die Spur auf ihre Eltern lenken, auf die der Wagen seit dem Kauf angemeldet war. Lange bevor sie Mc Lorey kennen und lieben gelernt hatte. Doch wie immer würde sie gehorchen. Zu groß war ihre Liebe zu dem Regisseur. Aber sie würde ihre Eltern warnen.

Sie stellte den Scirocco ab, öffnete leise die Tür, stieg aus und schloss sie ebenso lautlos wieder. Nur wenige Meter weiter wartete das von Mc Lorey bestellte Taxi.

»Nach Monaco?«

»Ja!«, entgegnete sie dem Fahrer.

In diesem Augenblick bog der Polizeihubschrauber wieder ab und kreiste über der Croisette. Seine Scheinwerfer suchten den Strand ab, streiften auch den weißen Scirocco.

Geblendet von dem grellen Strahl des Helikopters wachte Frank Mellendorf auf der Rückbank des weißen Sportwagens auf. Er rieb sich die Augen und wunderte sich, woher das helle Licht gekommen war. Vorn war auch niemand. Wo war Merige? Er spähte vorsichtig durch die getönten Scheiben und sah den Strand. War er bereits in Nizza? Mellendorf rutschte von der einen Seite auf die andere und lugte erneut aus den Fenstern zu den Hotelfassaden. Alles kam ihm irgendwie bekannt vor.

Mellendorf musterte die Fassaden, bis er den Schriftzug »Palasthotel« entdeckte. Sein Entsetzen war unbeschreiblich. Er war wieder in Cannes, war in seinen eigenen Horrorfilm zurückgekehrt, der scheinbar niemals enden wollte. Was war nur geschehen? Merige war doch auf dem Weg raus aus Cannes gewesen, als er auf der Rückbank eingeschlafen war, und hatte ihm versprochen, ihn in Nizza unterzubringen. Sie hatte gesagt, er sei in Sicherheit.

Der Unternehmer spielte verschiedene Möglichkeiten durch. Hatte sie eine Panne gehabt oder gar einen

Unfall? Warum stand er hier auf der Croisette in unmittelbarer Nähe des Tatorts?

Laurent Leclercs Mobiltelefon klingelte. Noch immer konnte er die Worte seiner Frau nicht vergessen: Mellendorf eine Chance geben, ihn zunächst nicht für schuldig zu halten, auch wenn alle Indizien gegen ihn sprachen, ihn aber fertigzumachen, sollte er den Mord nachweislich begangen haben. Immer und immer wieder kreisten die Gedanken des Kommissars um diese Sätze. Doch wie sollte er dem deutschen Millionär eine Chance geben, wenn er nicht einmal wusste, wo genau er sich befand?

Er tastete nach dem Handy, zog es aus der engen Jeans und hatte den Eindruck, versehentlich den Anruf weggeklickt zu haben. Er schaute auf das Display. Tatsächlich war nichts mehr darauf zu sehen als das Hintergrundbild mit seiner Frau. Doch erneut klingelte es.

»Unbekannter Teilnehmer«, murmelte Leclerc.

»Hallo?«

»Weißer Scirocco an der Croisette«, hörte er die männliche Stimme deutlich sagen.

»Was? Wer ist da?«, fragte Leclerc.

»Weißer Scirocco an der Croisette. Beeil dich.«

Das Gespräch wurde beendet. Erstaunt blickte er auf sein Handy. Weißer Scirocco?

Leclerc dachte nicht lange nach. In wenigen Sekunden hatte er die Nummer der Beamten vor Ort gewählt. Der Polizist vom Dienst am Tatort meldete sich.

»Chef?«

»Siehst du an der Strandpromenade einen weißen Scirocco stehen?«

»Was?«

»Siehst du ihn? Einen weißen SCIROCCO?«

»Moment!«

Der Beamte ging drei Schritte nach vorn, dann ließ er einen Schrei los: »Da ist Mellendorf!«

»Schnappt ihn euch!«, schrie Leclerc in sein Handy.

Er hörte nur noch laute Rufe und mächtige Schritte. Alles wurde immer lauter, immer aufgeregter.

Frank Mellendorf öffnete langsam die Fahrertür des Sciroccos. Er sah sich nervös um. Was um alles in der Welt hatte das zu bedeuten? Warum hatte ihn Merige, der er vertraut hatte, so hintergangen? Sie hatte ihn doch aus der Stadt gebracht, wollte ihn bei Freunden unterbringen. Und nun war er wieder an der Stelle, an der der ganze Trip für ihn begonnen hatte. Die Flucht war vollkommen umsonst gewesen. Seine Gedanken wiederholten sich im Sekundentakt.

Die Sonne tauchte langsam auf und Mellendorf war froh, wenigstens die Schatten der Nacht hinter sich gelassen zu haben. Die Dunkelheit hatte ihr Übriges getan, um seine Angst vom Wind zum Orkan anwachsen zu lassen. Der Schlaf auf der Rückbank des VW-Sportwagens war alles andere als ruhig gewesen, sein Hemd schweißgetränkt. Die Ruhe hatte all die Geschehnisse wieder und wieder in ihm aufleben lassen. Sein Unterbewusstsein arbeitete unablässig. Würde er sein Leben jemals wieder genießen können?

Wieder blickte er sich um. Niemand schien von ihm Notiz zu nehmen.

Oder sollte er doch im Auto bleiben, versuchen, irgendwie das Fahrzeug kurzzuschließen? Schnell verwarf er diesen Gedanken wieder. An den Schranken und Sperren der Polizei war er dank Meriges Hilfe schon einmal unbemerkt vorbeigekommen. Ein zweites Mal, noch dazu allein und nicht ortskundig, würde er das nicht schaffen.

Mellendorf stieg in geduckter Haltung aus dem Sportwagen. Er presste sich mit dem Rücken gegen die Fahrertür und drückte sie wieder zu. Niemand hatte ihn bislang registriert. Der Moment schien günstig. Er schaute sich ein letztes Mal um.

Woher die Polizisten plötzlich kamen, konnte Mellendorf nicht recht begreifen. Eine Hand nahm seinen rechten Arm und zog ihm diesen auf den Rücken. Mit einem heftigen Tritt, unter dem Mellendorf jämmerlich aufstöhnte, flog er bäuchlings auf die Motorhaube des Sciroccos. Er spürte, wie sich ein Knie in sein Kreuz bohrte. Die Handschelle klickte und er konnte sich auch nicht dagegen wehren, dass sein linker Arm ebenfalls nach hinten gedreht wurde. Hände pressten sein Gesicht mit voller Kraft gegen das Blech des Autos, sodass Mellendorf sich sicher war, dass seine Nase in der nächsten Sekunde brechen und sich den Weg in das Innere seines Kopfes suchen würde.

Wieder klickte die Handschelle, dieses Mal an seinem linken Handgelenk. Die Polizisten zogen ihn unsanft weg über die Straße und winkten die nächste Streife herbei. Ein Polizist hatte sein Handy am Ohr.

»Laurent! Wir haben ihn!«

Leclerc freute sich sichtlich: »Gut gemacht!«

»Endlich«, dachte der Kommissar und steckte seine Dienstwaffe, jegliche Vorschriften außer Acht lassend, unter den Gürtel seiner Jeans.

Im Laufschritt verließ Leclerc sein Büro, rannte zu seinem Renault, stellte das Blaulicht aufs Dach des

Wagens und fuhr mit quietschenden Reifen los. Er schaltete sofort die Sirene an und hatte nur ein Ziel: Auf zu Mellendorf! Seine Gedanken galten nur noch dem Unternehmer.

Doch plötzlich geisterten Leclerc wieder die Worte seiner Frau durch den Kopf: »Wenn du ihn hast, gib ihm eine Chance!«

Der Kommissar überlegte: »Eine Chance geben? Hatte er sie verdient? Hatte er dieses Mädchen getötet und wenn ja, warum? War er es wirklich gewesen? Konnte ein Millionär ›aus niederen Beweggründen‹ zum Mörder werden? War er, der sich mit seinem vielen Geld alles kaufen konnte, so naiv und setzte wegen einer Nacht, wegen Sex sein ganzes Leben aufs Spiel?«

Leclerc wischte die Gedanken weg, versuchte, bei klarem Verstand zu bleiben. Er drückte das Gaspedal durch und rauschte in Richtung Croisette.

Auf dem Rücksitz des Taxis holte Merige ihr Mobiltelefon hervor und las die Namen laut herunter. Bei »Maman« blieb sie stehen und wählte die Nummer. Das Telefon klingelte zwei Mal, drei Mal, vier Mal. Merige wurde nervös. Dann endlich nahm jemand den Hörer ab.

»Ja, bitte?«

»Maman?«

»Merige, bist du das?«

»Ihr seid in Gefahr. In großer Gefahr. Die Polizei wird kommen. Sie haben mein Auto. Aber die Nummer wird sie zu euch führen!«

»Was ist los, Schatz? Was ist passiert?«

Merige flüsterte: »Ihr müsst von zu Hause weg! Das Kennzeichen wird sie zu euch bringen!«

»Ja und? Was geschehen ist, will ich wissen.«

»Sie jagen den Mörder von Cannes. Und sie werden bei euch vorbeikommen. Ihr müsst gehen, sofort! Maman, bitte glaube mir! Nimm mich ernst! Schnapp dir Papa, setzt euch in euer Auto und fahrt los! Sie haben den Mörder in meinem Auto gefunden und sie werden bald bei euch sein.«

»Der Mörder? In deinem Auto?«

»Maman, frag jetzt nicht so viel! Um Gottes willen: Schnappt eure Sachen und geht! Jetzt!«

»Aber wohin?«

»Nur weg! Einfach nur weg! In ein, zwei Tagen wird sich alles aufklären. Dann könnt ihr wieder zurück. Bitte, Maman!«

Sie legte auf.

Meriges Mutter, Loanette, starrte ungläubig auf das Telefon. Ihr Mann Claude betrat den Wohnraum und sah sie fragend an.

»Ist was passiert?«

»Merige sagt, wir müssen fliehen! Jetzt! Sofort!«

Claude lachte.

»Warum?«, fragte er.

»Ich glaube, sie hat gesagt, sie hätte jemanden ermordet. Um Gottes willen! Claude!«

Eine Autotür fiel ins Schloss. Entsetzt schaute Loanette aus dem Fenster. Direkt vor dem Eingang stand ein Polizeiwagen. Ein zweiter hielt, ein dritter folgte.

»Mist!«, sagte ihr Mann, griff sie bei der Hand und führte sie über den Keller und den Kelleraufgang ins Freie.

Die Türglocke klingelte Sturm und ein Polizist rief: »Herr und Frau Departent, sind Sie zu Hause?«

»Schscht!«, flüsterte Claude seiner Frau zu.

Noch konnten sie über den Garten des Nachbars fliehen. Die beiden knapp 60-Jährigen rannten so schnell sie konnten über das Gras, versuchten, sich hinter Büschen zu verstecken, und erreichten schließlich die Hecke zum Nachbargrundstück. Ein kleines Türchen gab ihnen den Weg frei und entzog sie den Blicken der Polizei.

»Was ist nur geschehen?«, fragte Claude seine Frau Loanette und sah ihre Tränen.

Sie konnte nur mit den Schultern zucken und brachte nicht ein einziges Wort über die Lippen. Claude nahm sie am Arm und führte sie über das Grundstück zur Eingangstür. Sie klingelten bei den Nachbarn, mit denen sie seit vielen Jahren befreundet waren.

Meriges Eltern waren in Sicherheit.

24

An der Croisette klickte erneut die kleine Kamera zwischen den Buchstaben des »Palasthotel«-Schriftzuges. Mc Lorey grinste, als er die per Satellit übermittelten Bilder bei sich auf dem Bildschirm verfolgte. Die nächsten Live-Szenen waren im Kasten. So langsam entwickelte sich sein Konstrukt aus Ideen, Wahnvorstellungen und perfekt geplantem Drehverlauf. Ein Mosaiksteinchen fügte sich zum anderen und er wusste, die schwierigsten Teile waren bereits im Kasten: der Mord im Hotelzimmer, Mellendorf in seiner Suite mit den beiden hübschen Blondinen, seine erste Festnahme, die polizeilichen Ermittlungen. Und jetzt die zweite Festnahme. Vieles würde er nun noch mit seinen Schauspielern in der perfekt nachgebauten Kulisse hier im Studio in Monaco inszenieren. Keiner der Kinogänger würde merken, dass es sich nicht um die gleiche Hotelhalle, nicht um die gleichen Zimmer, nicht um die gleichen Akteure handeln würde. Reale Ereignisse und schauspielerisches Geschick, gepaart mit der unendlichen Fantasie eines der erfolgreichsten Regisseure der Welt, würden ein geniales Gesamtprodukt entstehen lassen.

Mc Lorey sah, wie sein größter und letzter Traum immer mehr Gestalt annahm. Er blickte auf seine Finger und den Ring mit der großen grünen Perle, drehte ihn langsam in die Handinnenseite und machte eine Faust. Noch war der Moment längst nicht gekommen und noch sehnte er ihn nicht herbei. Aber ihm war klar: Der Traum würde real werden.

Wieder griff er zu seinem Mobiltelefon. Seit Stunden hatte er nichts mehr von Viskeletti gehört. Endlich ging der Ungar ran.

»Chef?«

»Warum meldest du dich nicht, wenn ich dich anrufe?«, fragte Mc Lorey barsch.

»Nicht gehört«, sagte Viskeletti entschuldigend.

»Wo bist du?«

»Noch 'ne halbe Stunde, dann bin ich in Monaco!«

»Gut«, sagte der Regisseur zufrieden, ehe ihm noch einmal die beiden getöteten Polizisten einfielen.

»Ferenc!«

Viskeletti hörte am Tonfall, dass ihm nun etwas drohte.

»Ferenc! Was waren das für Polizisten? Hast du was damit zu tun?«

»Es ging nicht anders, Chef. Sie mussten sterben, ansonsten hätte ich selbst dran glauben müssen.«

»Idiot!«

»Niemand hat mich gesehen und der rote BMW, den ich gefahren habe, war gestohlen. Es kann nichts passieren. Glauben Sie mir, Chef: Es gab keine andere Lösung!«

Mc Lorey legte auf.

Viskeletti wusste, dass er in dieser Sekunde nicht zurückrufen brauchte, ja durfte. Er schaute in den hinteren Teil des Transporters und sah die schlafende Maritt Pescort. Ein dickes Veilchen prangte in ihrem Gesicht.

Sie lag schutzlos da und würde nun tun müssen, was Mc Lorey wollte. Sie war ein Teil der Realszenen. Und würde sie nicht mitspielen, müsste sie sterben. Doch Viskeletti war sich dessen sicher: Sie würde sich nicht sträuben. Dafür würde er schon sorgen.

Insgeheim hoffte er, dass es dazu kommen würde. Er wünschte sich sogar, dass Maritt Schwierigkeiten machen würde. Sie hatte ihn angemacht. Er strich sich mit der Zunge über die Lippen, fixierte ihren Körper und stellte sich Sex mit ihr vor – am besten wäre es, wenn sie sich wehrte. Er spürte förmlich, wie sich ihre Fingernägel in seinen Rücken bohren würden. Der Ungar sah an sich hinunter und spürte zugleich, wie sein Glied hart wurde. Dann trat er das Gaspedal durch und holte alles aus dem Transporter heraus. Monaco zu erreichen, das konnte ihm jetzt nicht mehr schnell genug gehen.

Maritt erwachte in ihrem kleinen Gefängnis aus Gitterstäben. An ein neuerliches Entkommen war nicht zu denken. Der Transporter raste mit hoher Geschwindigkeit über die Straßen. Für die junge Holländerin stand außer Zweifel: Es konnte nur die Autobahn sein. Viskeletti setzte den Höllenritt in einem Wahnsinnstempo mit ihr fort. Nur wohin? Sie wusste es nicht, merkte nur, wie es nach und nach in dem Kleinlaster immer wärmer wurde. Die Sonne heizte den Wagen auf, das Licht fiel durch die Fahrerkabine auch zu ihr nach hinten in den Laderaum. Es musste zwischenzeitlich Tag geworden sein. Befand sie sich noch in Frankreich oder schon ganz woanders? Wie lange war sie bewusstlos gewesen? Ihre Augen brannten wie Feuer. Sie stöhnte leise. Viskeletti drehte sich zu ihr um.

»Na, mein Schatz? Aufgewacht? Das hättest du viel bequemer haben können. Und hättest du mitgespielt, wären die beiden Bullen jetzt nicht tot. Sie hatten eine Familie, sagen sie im Radio, und du bist schuld, dass die Kinder jetzt keinen Vater mehr haben.«

Er lachte schallend.

Maritt erschrak. Seine Worte trafen sie wie Schläge ins Gesicht. Sie drehte sich von ihm weg und hätte sich fast übergeben.

»Kotz mir hier nicht wieder den Wagen voll! Ist das klar?«

Er lachte und genoss ihre Angst.

Maritt schloss die Augen und schlief erneut ein. Schlief, um nichts sehen und hören zu müssen. Ihre Situation war ohnehin ausweglos.

Der Transporter nahm den Abzweig in Richtung Monaco. Die Autobahn wurde schmaler, mündete in eine Landstraße und schließlich in eine von Blumen umsäumte Allee. Viskeletti liebte es, nach Monaco hineinzufahren. Der Stadtstaat war für ihn der Inbegriff von Reichtum, Macht und Ruhm. Und wenn er auch nur die dritte oder vierte Geige spielte, so wähnte er sich doch im Aufstieg hin zu einer glorreichen Zukunft. Dafür würde er, dafür würde Mc Lorey sorgen.

Sein Vertrauen in den Regisseur, das noch nie enttäuscht worden war, schien unerschütterlich. Auch die Morde an den Beamten würde Mc Lorey sicher wieder geschickt zu nutzen wissen, um das Beste herauszuschlagen – für sich selbst und für ihn, Viskeletti. Keinesfalls würde er ihn an die Polizei verpfeifen. Warum auch? Er war in seinem Bestreben nach dem realen Filmmord sein wichtigster Mitarbeiter. Und er,

Viskeletti, war es auch, der all das für ihn möglich gemacht hatte.

Der Ungar schaute in den Rückspiegel und sah sein eigenes Konterfei. Er blickte in ein selbstsicheres Gesicht, war stolz auf seine Leistung, auf seinen Wandel, auf seinen Sprung in die High Society.

»Ein Mörder? Nein, das bin ich nicht! Ich bin ein Genie, das im richtigen Moment bereit ist zu töten.«

Viskeletti bog in die Rue Princesse Stéphanie ein. Nun waren es nur noch wenige Meter bis zu den Studios, die Mc Lorey angemietet hatte. Abermals beäugte er die schlafende Maritt. Ihre Hose war ein Stück weit hinuntergerutscht und ihr String blitzte heraus. Viskeletti konnte die Augen nicht davon lassen.

Er konnte sich eine gedankliche Auszeit leisten, denn er hatte es geschafft, war dort, wo ihn sein Chef haben wollte. Es waren diese Augenblicke, die sein Leben inzwischen so lebenswert machten. Er betrachtete seine Fingernägel. Der kleine Finger prangte ihm schwarz entgegen. Ein Markenzeichen, das er seit vielen Jahren trug: einst Sinnbild seines Daseins als schmutziger Callboy. In den letzten Monaten jedoch hatte er immer wieder die Worte »cool« und »geil« für sein kleines Merkmal erhalten – ausschließlich von Frauen, mit denen er erstklassigen Sex gehabt hatte. Somit stand für den Ungarn fest: Der Fingernagel würde für immer schwarz bleiben. Schwarz wie seine Seele.

25

Mellendorfs und Leclercs Blicke trafen sich. Auf beiden Seiten herrschte Angst, ein Gefühl, das ihnen bis vor wenigen Tagen noch vollkommen fremd gewesen war. Während Mellendorf regungslos am Straßenrand saß, gesichert durch Handschellen und Fußfesseln, näherte sich der Kommissar mit langsamen Schritten dem Milliardär und vermutlichen Mörder einer jungen, unschuldigen Frau.

Leclerc fixierte Mellendorf, der dem Blick des Kommissars standhielt. Und in diesem Moment spürte er: »Ich bin nicht allein!«

Leclerc wandte sich mit kräftiger Stimme an die beiden neben Mellendorf stehenden Beamten.

»Handschellen und Fußfesseln abnehmen!«

»Wie bitte?«

»Abnehmen! Jetzt!«

Ungläubig öffneten die Polizisten die Fesseln.

Mellendorf dankte dem Kommissar mit einem Kopfnicken.

»Fluchtgedanken können Sie sich komplett aus dem Kopf schlagen. Wagen Sie es nochmals, lasse ich Sie auf der Stelle erschießen.«

Mellendorf nickte erneut und wollte etwas sagen.

Leclerc unterbrach ihn sofort: »Und um eines klarzustellen: Jetzt rede hier nur noch ich! Sie werden von meinen Kollegen ins Kommissariat gebracht und nach dem Verhör die Nacht in der Zelle verbringen. Zudem wird es einen Haftbefehl gegen Sie geben: Und sollte sich herausstellen, dass Sie die junge Frau getötet haben – und dafür sprechen alle Indizien – werden Sie einen Prozess bekommen, der für Sie ein katastrophales Ende haben wird. Sie haben das Recht auf einen Anwalt. Also: Nur zu!«

Es dauerte nur wenige Minuten, bis Leclercs Renault und weitere Streifenwagen in die Einfahrt der Polizeistation einbogen. Der Kommissar stieg aus. Er wirkte angespannt. Es war die Konzentration, die innere Spannung, die ihn in diesen Stunden aussehen ließ wie einen knallharten amerikanischen Cop aus einem B-Movie. Seine Augen waren auf Mellendorf gerichtet, der gerade aus dem Streifenwagen gezogen wurde. Er riss sich los, als einer der Beamten ihn zu heftig an seinem Hemd packte.

»Na, na, na«, entfuhr es Leclerc, während Mellendorf seine Kleidung ordnete, »behandelt ihn standesgemäß. Sollte er schuldig sein, wird noch sehr, sehr viel Zeit bleiben, in der man ihn nicht mehr mit Glacéhandschuhen anzufassen braucht!«

Der Kommissar wies seine Polizisten an, den Deutschen ohne Umschweife in das Vernehmungszimmer bringen zu lassen. Mehr stolpernd als laufend kam der Unternehmer voran. Seine Kräfte schwanden mehr und mehr. Deutlich war der Schweiß auf seiner Stirn zu sehen.

»Sie brauchen eine Dusche und ich lasse Ihnen auch frische Kleider bringen. Mit Verlaub: Sie stinken wie ein Clochard«, sagte Leclerc.

Sein Deutsch war nahezu perfekt, sodass es ihm leichtfallen würde, die Vernehmung in der Muttersprache des Millionärs zu führen.

Es dauerte nur wenige Minuten, da erschien Mellendorf nach einer kurzen Dusche in frischen Kleidern vor Leclerc.

»Nehmen Sie Platz, Herr Mellendorf. Ich weise Sie nochmals darauf hin, dass Sie sich sofort einen Anwalt nehmen können. Und, verdammt nochmal, ich würde Ihnen auch sehr dazu raten. Zudem brauchen Sie über Ihre Personalien hinaus keinerlei Auskünfte zu geben. Doch ich denke, Sie haben mir vieles zu erzählen!«

Leclerc wies die anderen Polizisten an, den Raum zu verlassen. Er wollte eine möglichst vertraute Basis mit dem Gefangenen schaffen. Mit Abschreckung, mit lautstarken Gesten, das hatte er schon zu häufig erfahren müssen, war Menschen wie Mellendorf nicht beizukommen.

»Werden Sie mit mir sprechen?«

Mellendorf nickte still. Der Deutsche war gezeichnet von den Erlebnissen der vergangenen Tage und Stunden. Das konnte auch die Dusche nicht vergessen machen, wenngleich er es genoss, sich wieder wie ein Mensch zu fühlen.

»Wie hatte Leclerc gesagt? Sie stinken wie ein Clochard?«

Diese Worte hatten Mellendorf getroffen. Er hatte an sich gerochen und das Schlimme war: Leclerc hatte recht gehabt.

»Herr Mellendorf! Eines vorweg: Ich halte Sie nicht für einen Schwerverbrecher, der einen Mord eiskalt plant. Wenn Sie dem Mädchen tatsächlich etwas angetan haben sollten, gehe ich davon aus, dass es ein Vorfall war, den Sie so nicht voraussehen konnten.«

»Ich habe sie nicht getötet«, flüsterte der Deutsche.

»Wie bitte?«

»Ich habe sie nicht getötet! Ich war es nicht!«, schrie Mellendorf.

»Warum sollte ich Ihnen das glauben? Alles spricht gegen Sie. Jedes einzelne Indiz sagt mir: Ja, du sitzt dem Mörder von einem unschuldigen, jungen Ding gegenüber. Und ich habe Erfahrung, Herr Millionär. Verbrecher gibt es in allen Kreisen, in allen Gesellschaftsschichten. Und wäre es noch so viel Geld, das Sie besitzen: Sie stehen schon mit einem Bein im Gefängnis. Und sollten Sie hineinwandern, dann werden Sie Ihr Leben lang nicht mehr herauskommen.«

Mellendorf rang nach Luft. Er wusste, dass viele Tatsachen für seine Schuld sprachen, dass ihn jemand abgrundtief hassen musste, um ihn bewusst in eine solche Lage zu bringen. Wer steckte hinter der ganzen Geschichte? Wer konnte ihn so vorgeführt haben und warum? Ihn zu erpressen, dieses Motiv hätte er noch verstanden. Aber ihm einen Mord in die Schuhe zu schieben, ihn der Polizei so ans Messer zu liefern?

Der Unternehmer schluckte schwer, sodass dies auch Leclerc nicht entging.

»Was geht in Ihrem Kopf vor? Sprechen Sie mit mir und ich verspreche Ihnen: Ich werde nicht ruhen, ehe der Mörder gefasst ist, sollten Sie mich von Ihrer Unschuld überzeugen können. Was hat sich aus Ihrer Sicht abgespielt, Herr Mellendorf?«

Dieser sagte noch immer nichts und Leclerc fuhr fort: »Solange Sie jetzt schweigen, geben Sie dem Mörder die

Chance, sich mehr und mehr unserer Macht, der Gewalt der französischen Polizei, zu entziehen. Sollten Sie es nicht gewesen sein, so helfen Sie jetzt gerade demjenigen, der Sie als populäres Opfer auserkoren hat!«

Mellendorf verstand, was der Kommissar ihm mitteilen wollte.

»Ich habe doch nur meine Suite aufgeschlossen und dann das Mädchen dort liegen sehen.«

Leclerc unterbrach den am ganzen Leib zitternden Unternehmer.

»Nein. Lassen Sie uns viel früher beginnen. Was haben Sie den ganzen Tag gemacht, bevor Sie zurück in Ihre Suite kamen? Was war in der Nacht oder am Abend zuvor passiert? Wenn es uns und Ihnen hilft, dann beginnen Sie von mir aus auch bei Adam und Eva. Ich glaube aber, dass es nichts bringt, sollten Sie uns nur von den Minuten erzählen, bevor wir Sie festgenommen haben.«

Der deutsche Milliardär wirkte gebrochen. Er lehnte sich auf dem viel zu kleinen Holzstuhl zurück und betrachtete mit leeren Augen den Tisch vor sich. Sein Hintern schmerzte. Dann begann er zu erzählen. Gequält, stockend.

»Ich kam vorgestern hier an und habe mich mit meinem Freund Michael Mc Lorey getroffen. Wir haben das Hotel verlassen und auf seiner Privat-Yacht eine große Nachtparty gefeiert.«

Leclerc hörte Mellendorf zu. Er wusste, der Deutsche würde ihm nun reinen Wein einschenken. Seine Aussage und auch seine Festnahme würden ihn in jedem Fall weiterbringen, ob Mellendorf nun der Mörder war oder nicht. Leclerc musste an seine Frau denken, an ihre Zweifel, und er begann in diesen Sekunden, ihr mehr und mehr Glauben zu schenken.

Viele Stunden lauschte Leclerc dem Bericht Mellendorfs, stellte Fragen, akzeptierte Pausen. Er wollte ihm die Chance geben, die er vielleicht in den letzten Tagen von niemandem bekommen hatte. Doch was Leclerc nicht aus dem Sinn gehen wollte, das waren diese Videos der Hotelkameras. Und sie zeigten auf dem Flur ganz klar den Deutschen, der als Einziger die Suite in der 20. Etage betreten hatte. Er griff zum Telefon, fragte nach den Analysen. Noch kein Ergebnis ...

Laurent Leclerc nahm Frank Mellendorf zur Seite. Er legte eine Hand auf seine Schulter. Der Deutsche hob den Kopf. Noch nie hatte der Kommissar in solch emotional ergriffene, so tief erschütterte Augen geblickt. Scheinbar endlos lange schauten sie sich an, bis Mellendorf den Kopf schüttelte.

Leclerc wusste genau, was dies bedeuten sollte.

»Nein, Sie waren es nicht!«, sagte er leise zu Mellendorf.

Der Kommissar war sich nun wirklich sicher, dass er nicht in die Augen eines Mörders sah. Er überlegte, schloss kurz die Lider, wurde aber im selben Moment wieder jäh aus seinen Gedanken herausgerissen. Es klopfte mit aller Macht an die Tür des Vernehmungszimmers. Leclerc sprang auf, als er wieder und wieder seinen Namen rufen hörte.

»Kommissar Leclerc!«

»Was ist?«, entgegnete er bereits beim Öffnen der Tür.

Der Beamte zog ihn hinaus auf den Flur. Die Tür wurde geschlossen und Mellendorf konnte nicht mehr verfolgen, was nun vor sich ging.

»Die Videos sind aus dem letzten Jahr!«

»Wie?«

»Wir haben die Aufnahmen analysieren lassen und es ist ganz eindeutig: Diese Bilder von Mellendorf auf dem Flur des Hotels wurden nicht in diesem Sommer, sondern mindestens ein Jahr zuvor gedreht.«

»Das kann nicht wahr sein!«

»Definitiv! Es gibt keinerlei Zweifel an der Analyse: Das Video ist alt, mindestens ein Jahr.«

Leclerc stand wie angegossen da und schwieg.

Endlich sagte er: »Wir haben den Falschen! Wir haben in jedem Fall den Falschen!«

Der Beamte nickte und meinte, eine gewisse Erleichterung in Leclercs Gesicht wahrnehmen zu können.

Der Kommissar kehrte zu Mellendorf zurück, der ihn fragend ansah. Die Gesichtszüge Leclercs wurden mit jeder Sekunde weicher. Er spürte, wie sich Wärme in ihm ausbreitete. Dann machte er ein, zwei Schritte auf Frank Mellendorf zu. Der Milliardär saß weiter wie angewurzelt auf seinem Stuhl.

»Was ist los?«, fragte er leise.

Leclerc antwortete nicht.

»Was ist los?«, erkundigte sich Mellendorf noch einmal energischer. »Sprechen Sie doch endlich!«

»Es tut mir leid, so unendlich leid!«, sagte Leclerc und legte Mellendorf die Hand auf die Schulter. »Die Videos sind aus dem vergangenen Jahr. Sie sind nicht der Mörder! Wir sind betrogen und belogen worden wie Sie!«

Mellendorf schwieg und spürte, wie sich seine Augen mit Tränen füllten.

»Warum haben Sie mir nicht schon früher geglaubt?«

Der Kommissar rieb sich den Nacken und sagte erneut: »Es tut mir leid!«

Mellendorf stand langsam von seinem Stuhl auf. Der Kommissar erwartete eine heftige Reaktion. Und er hätte es auch verstehen können, wenn Mellendorf jetzt einfach zugeschlagen hätte.

Doch er nahm ihn in den Arm.

»Mc Lorey!«, sagte Mellendorf so leise, dass Leclerc nachfragen musste.

»Wie bitte?«

»Mc Lorey war es!«

Der Kommissar nickte.

Dann griff er nach seinem Handy. Die Zentrale seiner Dienststelle meldete sich.

»Herr Kommissar?«

»Geben Sie mir sofort den Polizeichef der monegassischen Kollegen ans Telefon – schnell!«, sagte Leclerc.

26

Viskeletti erreichte die Studios von Mc Lorey, vor denen ein Polizeiwagen parkte. Er riss die Augen auf. Beinahe wäre er in den Streifenwagen geknallt.

»Was soll die Scheiße?«, fluchte er lautstark, sodass Maritt Pescort im Heck des Lieferwagens hätte hochschrecken müssen; doch die letzten Stunden hatten sie so viel Kraft gekostet, dass sie selbst von diesem Schrei nicht wach wurde.

Viskelettis Herz schlug plötzlich rasend schnell. Michael Mc Lorey trat – flankiert von zwei Polizeibeamten – an seinen Wagen.

»Das ist das Schwein! Nicht mich, ihn suchen Sie!«, sagte er laut und ergänzte: »Vorsicht! Er ist bewaffnet! Die Frau muss noch hinten im Wagen sein. Holen Sie sie da raus!«

Als die monegassische Polizei bei ihm eingetroffen war, hatte sich Mc Lorey auskunftsfreudig gezeigt: »Ich hatte keine Beweise! Aber ich war mir die ganze Zeit bereits sicher, dass er ein Mörder ist. Daher habe ich ihn weggeschickt. Er war mein Leibwächter, aber ich habe rechtzeitig erkannt, dass mit ihm etwas nicht stimmte. Ich wollte Sie gerade alarmieren, weil ich wusste, er muss in wenigen Minuten bei mir sein. Er hat das Mädchen im ›Palasthotel‹ getötet und mir am Telefon gesagt, dass er auch die Polizisten erschossen hat!«

Die Polizisten glaubten dem berühmten Regisseur.

Viskeletti war zu perplex, als dass er zu seiner Pistole gegriffen hätte. Was ging hier vor sich?

»Aber Chef?«

»Zügle deine Zunge! Mit einem Entführer und Mörder will ich nichts zu tun haben!«

Die Polizisten hatten den überraschten Ungarn längst gepackt, der sich auf dem Boden liegend wiederfand. Viskeletti wollte gerade den Mund aufmachen, als ihn ein harter Schlag auf den Hinterkopf traf. Einer der Polizisten hatte mit einem Gummiknüppel zugeschlagen und ihn damit Schachmatt gesetzt.

Die Gendarmen öffneten den Transporter und gewahrten das verriegelte Schloss des Käfigs, in dem regungslos Maritt Pescort lag – eingesperrt wie ein wildes Tier. Ungläubig schauten sich die Beamten an. Das, was sie vor sich sahen, war abscheulich und abstoßend.

»Wie man eine Frau in einen solchen Zwinger sperren kann. Das tut man keinem Hund an«, knurrte ein Beamter in Richtung Viskeletti, der noch immer am Boden lag.

Längst hatten sie dem Ungarn den Schlüssel entrissen und machten sich an dem Schloss des Käfigs zu schaffen. Mit wenigen Handgriffen war er geöffnet. Sofort tasteten sie an ihrem Hals den Puls. Der Pulsschlag war deutlich zu spüren.

»Sie lebt«, sagte der Polizist.

»Gott sei Dank«, sprach Mc Lorey.

Keiner der Beamten merkte die Scheinheiligkeit in seinen Worten. Sie nahmen den berühmten Regisseur ernst. Ja, sie brachten ihm sogar Ehrfurcht entgegen.

»Wir rufen einen Krankenwagen! Sie muss versorgt werden«, rief er.

In Handschellen wurde Viskeletti in den Streifenwagen verfrachtet. Er war immer noch benommen und sagte kein Wort. Im Hintergrund waren von den Anhöhen Monacos schon die Sirenen des herannahenden Ärzteteams zu hören. Zudem trafen weitere Polizisten ein.

»Was suchte er hier bei Ihnen?«, wollte plötzlich einer der leitenden Beamten wissen und stellte damit die schwierige Frage nach dem »Warum«.

Doch Mc Lorey war darauf vorbereitet.

»Er sah in mir wohl so etwas wie seinen Beschützer. Ich habe ihn in dem Glauben gelassen, doch jetzt schien ihm wohl der Arsch auf Grundeis zu gehen. Daher ist er zu mir gefahren. Gerade als ich Sie – ich sagte es Ihnen bereits – alarmieren wollte, standen Sie vor meiner Tür.«

Geschickt drehte der Regisseur den Spieß herum. Er würde doch jetzt, so kurz vor der Vollendung seines Lebenstraums, nicht vor einem kleinen Beamten aus Monaco kapitulieren.

»Kümmern Sie sich um den Mörder, verdammt nochmal, und lassen Sie mich in Frieden! Glauben Sie nicht, dass es für mich furchtbar ist zu wissen, dass ich einen solchen Menschen einst als meinen Leibwächter beschäftigt habe? Ich kann froh sein, dass ich noch lebe.«

Mc Lorey wirkte glaubhaft. Ein Regisseur als Schauspieler par excellence.

Einer der Beamten entschuldigte sich bei Mc Lorey.

»Dennoch muss ich Ihnen noch eine weitere Frage stellen: Er hat zwei Polizisten getötet und dieses Mädchen gekidnappt. Kennen Sie sie?«

»Nein! Keine Ahnung!«

Die Rettungskräfte hatten zwischenzeitlich Maritt Pescort aus dem Käfig befreit und die lebenswichtigen Funktionen immer und immer wieder kontrolliert. Jedoch wollte die junge Person, deren Namen niemand kannte, nicht aufwachen.

»Wir nehmen sie mit ins Krankenhaus. Sie ist total geschwächt. Wir glauben nicht, dass sie schwer verletzt ist. Vielleicht wurde ihr aber ein Schlafmittel eingeflößt.«

Die Polizisten analysierten bereits die Vorgänge, als die ersten Kriminalbeamten eintrafen. Etliche Minuten waren vergangen – Minuten, die Mc Lorey als Chance gesehen und genutzt hatte.

»Wo ist er?«

»Im Streifenwagen!«

Der monegassische Kommissar schaute in das Gesicht Viskelettis, der noch immer bewusstlos dalag, den Kopf auf der Seite.

»Den meine ich nicht! Kümmert euch auch um ihn«, wies er die Rettungssanitäter an. »Wo ist Mc Lorey?«, will ich wissen.

Mc Lorey blickte grinsend in den Rückspiegel seines 5er BMWs, als er die Staatsgrenze Monacos passiert hatte und auf französischem Terrain war. Im Heck seines Tourings lagen unzählige Filmutensilien. Außerdem hatte er die vergangenen Minuten mit der Kamera aus dem hinteren Fenster des Autos mitgeschnitten.

Der nächste Cut, der nächste Schritt in Richtung seines realen Streifens.

In den letzten Stunden war Mc Lorey klar geworden, dass er zu allem bereit war, um sein Lebenswerk peu à peu zu vervollständigen. Er beschleunigte seinen BMW auf der Autobahn in Richtung Westen auf knapp 200 Stundenkilometer. Und wieder liefen die Kameras, filmten jeden Meter Fahrdistanz. Mc Lorey lebte nur noch für seinen Film, seinen letzten Streifen, sein Kunstwerk: Nur das war wichtig. Nie verlor er dieses Ziel aus den Augen.

27

Michael Mc Lorey erreichte sein kleines Privatstudio in Fréjus, rund dreißig Kilometer westlich von Cannes gelegen. Stets hatte er äußerste Geheimhaltung gegenüber allen gezeigt, wenn es um den Ort ging, an dem er den »Final Cut« seiner Streifen produzierte. Den letzten, abschließenden Schliff seiner Filme nahm er immer selbst vor und überraschte damit so manchen seiner Mitarbeiter bei der Premiere. Noch nie hatte er danebengegriffen und sich eine Schelte von einem seiner erfahrenen Cutter eingeholt. War es nur der Respekt vor seiner Person gewesen? Oder waren sie alle tatsächlich zufrieden mit dem, was ihr Regisseur aus dem Film gemacht hatte? Immer wieder hatte er selbst über diese Fragen nachgedacht, konnte sie aber nicht beantworten.

Im Endeffekt war es Mc Lorey aber auch egal, was die anderen dachten und ob sie sich in ihrem tiefsten Inneren damit einverstanden erklärten, was er produziert hatte. Er war der Chef und er forderte absoluten Gehorsam. Diesen hatten ihm seine Gefolgsleute auch dieses Mal wieder erwiesen: Keiner hatte ihm auch nur einen Schritt erschwert oder sich nicht bedingungslos untergeordnet, wenn es um seinen Film ging.

Doch nun wusste er, dass er schnell handeln musste. Er war vor der Polizei geflüchtet, hatte sich aus dem

Staub gemacht. Und mochte sein Haus hier an der Côte noch so versteckt und unbekannt sein, so würden sie ihn früher oder später finden. Und bislang war der Film nur ein Stückwerk. Die vielen Sequenzen, die unterschiedlichsten Kameraeinstellungen, die verschiedenen Perspektiven – all das musste er nun noch zu einer Einheit verschmelzen. Denn nur wenn sein Meisterwerk perfekt war, wollte er abtreten: aus Hollywood, von der Leinwand, aus dem Leben.

Ihm zitterten die Hände am Steuer seines Autos. Es war reine Nervosität. Doch er fühlte sich auch gut. Je mehr Kilometer er zwischen sich und Monaco brachte, umso mehr wurde aus der Nervosität Vorfreude. Er wusste: Niemals mehr würde er in den kleinen Staat, der ihm in den vergangenen Jahren so viel ermöglicht hatte, zurückkehren. Und dennoch keimte keine Wehmut in ihm auf. Mc Lorey blieb kalt, war zu zielorientiert, als dass Platz geblieben wäre für Sentimentalitäten. Der BMW näherte sich Fréjus.

Per Funkknopf öffnete Mc Lorey die Garage seines Hauses. Das Auto tauchte nahezu lautlos in das wohlige Heim ein, ehe sich das große Tor hinter ihm wieder senkte und die Gedanken Mc Loreys vollends in ein Reich der Sünde, des Mordes und der scheinbaren Realität eintauchten.

Der Amerikaner nahm sich nicht viel Zeit. Er räumte die Filmutensilien in einen großen Karton und trug sein Werk einen Stock höher in das Schnittstudio. Unter der Schwere der Last musste Mc Lorey auf der Treppe mehrmals die Kiste abstellen. Aber was waren rund 25 Kilogramm, die er den engen Aufgang hinauf ins Studio zu wuchten hatte, gegen die Krönung seines Lebenswerks?

Nach und nach sichtete er nochmals das Material. Es würde Stunden dauern, ehe er sich einen Überblick über die wichtigsten Abschnitte verschafft haben würde. Doch nun fühlte er sich sicher. Er würde ununterbrochen arbeiten, würde in dem Film »Realmord« endlich seine so lange herangereifte Idee verwirklichen, die Grenzen zwischen Realität und Fiktion auf perfekte Weise verschwimmen zu lassen.

Die gesamte Vorgeschichte, die Mc Lorey bereits im Vorjahr, beim ersten Besuch Mellendorfs, im Kasten hatte, war vollständig überarbeitet worden, vertont und kinoreif. Dafür hatten die diversen Schauspieler gesorgt, die er engagiert hatte, um nicht nur Mellendorf selbst in viele Fallen laufen zu lassen, sondern Verbindungen schaffen zu können. Der Deutsche würde sprachlos sein. Wie von Geisterhand würde er im Film eine Hauptrolle haben, ohne dass auch nur irgendein Kritiker den Verdacht schöpfen könnte, es handele sich nicht um den deutschen Millionär. Vor allem bemühte sich der Regisseur, die Realität in den Hotelfluren so plastisch wie möglich darzustellen. Dabei bediente er sich schamlos der Dinge, die die Sicherheitskameras des Hotels eingefangen hatten und die nun mehr oder weniger mit in die Filmszenen einflossen. So war es ihm ein Leichtes, die Bilder miteinander zu verweben und jegliches Interesse des Zuschauers auf Frank Mellendorf zu lenken.

»Genial«, flüsterte er vor sich hin. »Einfach genial.«
Mc Lorey lachte leise.

Niemand würde sich diesen Streifen entgehen lassen, ihn spätestens nach der Medienkampagne anschauen, die die Polizei für Mc Lorey entfachen wird. Die französischen Kommissare, allen voran Laurent Leclerc, werden dafür Sorge tragen, dass sein letzter Film zu einem gigantischen, weltweiten Spektakel wird. Und würde es ihm nicht mehr gelingen – auch das hatte Mc Lorey einkalkuliert – mit seinem Film den Weg in die Kinos zu schaffen, so wird das Internet ihm die Plattform bieten, um ihn, Michael Mc Lorey, unsterblich werden zu lassen. Sein Name, die Gier der Menschen nach der größten Sensation aller Zeiten, der Neid der Menschen auf einen Milliardär wie Mellendorf sowie die vielen, vielen Headlines über die Jagd der Polizei nach dem Mörder würden dafür sorgen, dass sein Traum Wirklichkeit wird.

»Ich werde endgültig alle hinter mir lassen – Spielberg, Tarantino, Coppola. Alle werden sie neben meinem Werk erblassen«, frohlockte er.

Was ihn antrieb, Ehrfurcht oder Hass und Abscheu oder alles zusammen, war Mc Lorey egal. Niemand würde ihm jemals mehr das Wasser reichen. Er würde zur Legende.

»I am Legend.«

Der Regisseur lachte wieder und wieder und stellte sich vor, wie alles ablaufen würde. Noch ein einziges, letztes Mal würde er den Film auf der großen Leinwand in seinem Studio ablaufen lassen, noch einmal selbst das große Schaudern erleben, wenn Mellendorf mit den beiden Mädchen zugange war, wenn er die Leiche in seinem Bett liegen sehen – würde, wenn er von der Polizei in Gewahrsam genommen wird. Andererseits wäre der Streifen auch ein Abbild der katastrophalen Arbeit der Polizei.

»Der Polizeikommissar wird sich nicht mehr wiedererkennen oder vielleicht doch?«, höhnte Mc Lorey.

All seine Fehler würden im Film gnadenlos aufgedeckt. Zudem schob ihm Mc Lorey noch viele weitere Probleme in die Schuhe, sodass der Film für die Beamten rund um Cannes zu einem Waterloo werden würde.

Mc Lorey war sich sicher: Alles war perfekt. Der sonst obligatorische Griff zum Telefonhörer, um sein gesamtes Team zu versammeln und den Startschuss für die Kinos zu geben, fiel dieses Mal aus. Es hatte im Vorfeld keine Werbefeldzüge gegeben, wie es bei den früheren Filmen von Mc Lorey Usus war. Nein. Dieses eine Mal hatte er nicht auf die Öffentlichkeit gesetzt, sich nicht zum Spielball der Medien gemacht mit Vorabsequenzen, mit einer großen Werbekampagne. Mc Lorey hatte im Verborgenen gearbeitet und es hatte ihm mehr Spaß gemacht, als je eine seiner Arbeiten zuvor.

Wie hatte einst ein berühmter Südtiroler Schauspieler über ihn gesagt: »Um einem Mc Lorey das Wasser zu reichen, muss man schon sehr, sehr tief tauchen!«

Nur wer Mc Loreys letzten Film gesehen hatte, konnte diese Aussage verstehen. Als Einziger hatte der Schauspieler entdeckt, welcher Wahn den Regisseur antrieb. Jedoch hatte auch er unterschätzt, wie weit Mc Lorey gehen würde, um zur Legende zu werden.

Als er sein gesamtes Werk in die erforderliche Form gebracht hatte, freute sich Mc Lorey diebisch. Bevor jedoch die komplette Welt erfahren sollte, wie sein Film »Realmord« tatsächlich verlaufen ist, ging Mc Lorey noch einmal in die Küche. Er holte eine Flasche

Champagner aus dem Kühlschrank und öffnete sie langsam und bedächtig. Nun war der Moment gekommen, ab dem die Maschinerie ins Rollen kommen und er unsterblich werden würde.

Mc Lorey schenkte sich den prickelnden, goldgelben Saft in das überdimensionierte Glas ein und schaute zu, wie sich die Perlen am Rand absetzten, um dann mit einem Sprung nach oben zu steigen. Er führte das Glas zum Mund und spürte dessen Kälte. In diesem Augenblick klingelte das Mobiltelefon in seiner Hosentasche.

Merige erreichte mit dem Taxi die Studios in der Rue Princesse Stéphanie, nachdem sich Mc Lorey in seinem BMW auf und davongemacht hatte. Sämtliche Fahndungen nach dem Fahrzeug des Regisseurs waren fehlgeschlagen, hatte er doch in so kurzer Zeit die Grenze zu Frankreich erreicht, dass an ein Absperren des Stadtstaates nicht zu denken gewesen war. Dabei waren die Behörden doch einst so stolz darauf, dass es ihnen innerhalb von weniger als zwei Minuten gelingen würde, Monaco zu einer Art Alcatraz zu machen.

Die junge Französin, die ihrem Regisseur mehr als hörig war, achtete überhaupt nicht auf das Polizeifahrzeug.

»Michael? Michael? Wo bist du?«, rief sie und lief unverdrossen ins Haus.

Im selben Moment wurde sie von den Beamten geschnappt, klickten die Handschellen.

»Was wollen Sie hier?«

»Wo ist Michael Mc Lorey?«

»Was wollen Sie von ihm?«

»Ist ihm etwas passiert?«

»Nein!«

»Warum haben Sie mir Handschellen angelegt?«

»Wir haben soeben den Mörder zweier unserer Kollegen vor diesem Haus festgenommen. Was also wollen Sie hier?«

Merige schwieg kurz, dann sagte sie: »Ich bin Michaels Freundin!«

»Abführen«, sagte der Kommissar.

Mc Lorey grinste. Er griff in seine Hosentasche und holte das Mobiltelefon heraus. Als er dem Namen »VISKELETTI« las, versteinerte sein Gesichtsausdruck. Der Regisseur zögerte, das Gespräch anzunehmen.

»Die Polizei versucht, mich zu orten!«, dachte er und legte das Handy zur Seite.

Es klingelte weiter. Mc Lorey starrte auf das Gerät und griff spontan zu.

»Ja!«, meldete er sich.

Totenstille auf der anderen Seite.

»Hallo?«, sagte Mc Lorey.

Dabei zitterte seine Stimme keineswegs. Er stand vor der Vollendung seines größten Traums, seiner Glanzleistung, seinem Meisterwerk »Realmord«. Da konnte ihm die Polizei nicht wirklich mehr etwas anhaben. Alle Szenen waren im Kasten. Die Arbeit des Cuttens war in den letzten Stunden nahezu perfekt gelaufen. Alles stand kurz vor dem Abschluss.

»Fick dich!«, schrie Mc Lorey ins Telefon und wollte gerade auflegen.

Aber als er die folgenden Worte hörte, begann sein Herz zu rasen, steigerte sich die Frequenz auf unerträgliche 200 Beats: »Ich kriege dich, du mieses Schwein! Du wirst mir nirgendwo entkommen, nirgendwo. Ich werde dich finden. Und dann wirst du für alles bezahlen. Du wirst dir wünschen, nie geboren zu sein! Und ich werde verhindern, dass es dir gelingt, deinen Film zu vollenden. Du wirst für alles büßen!«

Viskelettis Stimme war stählern, hatte einen Unterton, der Mc Lorey den Schweiß ins Gesicht trieb.

»Ferenc! Wo bist du?«

Auf der anderen Seite blieb es stumm. Totenstille.

Mc Lorey blickte auf sein Handy. Das Gespräch war bereits beendet worden.

28

Kurz nachdem der Einsatzwagen die Rue Princesse Stéphanie verlassen hatte, kam Viskeletti wieder zu Bewusstsein. Er war von einer Sekunde auf die andere hellwach, fühlte sich verraten, übergangen: als Bauernopfer.

Die beiden Beamten auf den Vordersitzen unterhielten sich. Viskeletti verstand kein Wort. Seine Hände schmerzten von den Handschellen. Er sah die monegassischen Häuser an sich vorbeiziehen. Eine weitere Chance würde er nicht bekommen. Man würde ihn einsperren und nie mehr aus dem Gefängnis entlassen. Doch viel schlimmer war noch, dass es Mc Lorey gelingen würde, seinen Film zu veröffentlichen. Und er, Viskeletti, war es doch, der diesen Film möglich gemacht hatte! Durch seine unnachahmliche Treue, seinen unbändigen Einsatz und seinen Killerinstinkt.

Viskeletti schaute auf die Polizisten, die inzwischen scherzten – worüber auch immer. Er blickte auf seine Handschellen. Silbern funkelten sie an seinen Armen, fühlten sich kühl an wie eine Waffe, wie der Lauf einer Pistole.

Mit Schwung wuchtete er sich an die Rücklehne des Vordersitzes, führte seine Hände, die durch die Schellen eng verbunden waren, über die Kopfstütze und umschlang mit der eisernen Kette den Hals des Fahrers.

Der Beamte schrie laut auf und sein Kollege wollte gerade zur Schusswaffe greifen, als Viskeletti mit eiskalter Stimme sagte: »Ehe du abdrücken kannst, ramme ich ihm seinen Kehlkopf in den Hals. Er wird sterben, wenn du nicht sofort deine Waffe fallenlässt und mir die Handschellen abnimmst.«

Der Polizist zögerte kurz.

»Finger von der Waffe! Oder er stirbt!«, schrie Viskeletti.

In den Augen des Fahrers spiegelte sich das blanke Entsetzen. Seine Haut war bereits knallrot, doch Viskeletti verstärkte den Druck weiter. Der Schädel des Polizisten glühte, er bekam kaum noch Luft.

»Bitte!«, würgte der Polizist und versuchte, Blickkontakt zu seinem Kollegen zu bekommen.

»So ist es gut«, sagte Viskeletti, als dieser die Arme hob. »Und jetzt hol ganz langsam die Pistole heraus und leg sie auf meine Schenkel! Mach schon!«

Er spürte das angenehm kühle Gefühl auf seinen Beinen. Kalt und mächtig.

»Mach die Handschelle an meiner rechten Hand los. Wehe, du wagst es, mich zu täuschen. Dann sterbt ihr beide: Denkt an eure Kollegen, die mir in die Quere gekommen sind.«

Die Spannung um den Hals des Fahrers hatte kaum nachgelassen, schon spürte der Fahrer den Lauf des Revolvers an seiner Schläfe.

»Ich blas dir den Schädel weg, wenn du nicht genau das tust, was ich dir sage«, wies er den Beamten an, »und zuerst gibst du mir deine Pistole nach hinten!«

Der Polizist griff nach seiner Dienstwaffe. Innerhalb von Bruchteilen einer Sekunde war der Ungar nun im Besitz beider Polizeipistolen. Er grinste.

Dann gab er den Beamten seinen letzten Befehl: »Aussteigen!«

Viskeletti besah die Waffe in seiner Hand. Sie klickte, als er den Bolzen nach hinten zog. Der Schaft fühlte sich einmal mehr gut an, denn die Waffe verlieh ihm Macht und Unabhängigkeit. Er drehte sich zu den Beamten um, die vor ihm kauerten und lächelte.

Der Knall der beiden Schüsse war weit zu hören. Er hallte hinauf bis in die Anhöhen von Monaco. Die Polizisten lagen am Boden und Viskeletti war stolz. Nach der Ermordung der anderen beiden Polizisten war ihm auch dieses Mal seine Flucht geglückt.

»Mc Lorey!«, schoss es ihm durch den Kopf.

Er griff zu seinem Handy, das die Polizisten im Handschuhfach eingeschlossen hatten, und wählte die Nummer des Regisseurs. Dann schwang sich Viskeletti an das Steuer des Einsatzfahrzeuges. Er wusste, dass er damit nicht weit kommen würde. Also musste er sich ein unauffälliges Auto besorgen. Zwar hätte er gern eines, das ihm gut zu Gesicht stehen würde, eine Luxuskarosse, wie er sie noch nie sein Eigen nennen konnte, doch zunächst ging es nur darum, möglichst schnell die Staatsgrenze von Monaco zu erreichen.

»Um mein Traumauto kümmere ich mich später«, grinste er in sich hinein.

Plötzlich fiel ihm die unfassbar hohe Quote an Polizisten ein, die Monaco zu einem der sichersten Plätze der Welt machten. Ihre Präsenz würde für Viskeletti ein unglaubliches Hindernis sein.

Und plötzlich kam ihm die Erkenntnis: »Ich sitze genau in dem richtigen Fahrzeug.«

Er näherte sich mit gedrosselter Geschwindigkeit der Polizeisperre an der Grenze. Ohne zu zögern, schaltete Viskeletti Sirene und Blaulicht ein. Die Beamten machten Platz und ließen ihn passieren. Viskeletti hob die rechte Hand und zeigte ihnen über den Rückspiegel den Mittelfinger. Dann beschleunigte er den Wagen massiv.

In diesem Moment ereilte die Beamten an der Grenze ein Funkspruch: »Zwei Polizisten getötet. Gangster fährt aller Voraussicht nach mit einem unserer Einsatzfahrzeuge!«

Laurent Leclerc war es danach, Frank Mellendorf nochmals in die Arme zu schließen.

»Es tut mir leid!«, wiederholte sich der Kommissar, als er dem Unternehmer die Hand entgegenstreckte. Mellendorf nahm sie und schüttelte den Kopf.

»Auch ich habe Fehler gemacht! Glauben Sie mir!«

»Ich glaube Ihnen. Sowohl Sie als auch wir sollten gelinkt werden.«

»Doch warum tut mir Mc Lorey so etwas an?«

Mellendorfs Stimme klang traurig und entsetzt zugleich.

»Das möchte ich von Ihnen wissen, Herr Mellendorf!«

»Ich kann Ihnen die Frage nicht beantworten.«

»Sie können es nicht? Oder wollen Sie es nicht?«, bohrte Leclerc nach.

»Ich kann es nicht!«, sagte Mellendorf müde.

Leclerc ließ Mellendorfs eiskalte, feuchte Hand los, die er bis jetzt gehalten und heftig gedrückt hatte.

»Lassen Sie uns die letzten Tage Revue passieren. Jede einzelne Sekunde. Lassen Sie uns nach Indizien suchen, die uns in die Welt Mc Loreys eintauchen lassen!«

»Okay!«, entgegnete Mellendorf knapp.

Es sollten vier lange Stunden folgen, in denen der Deutsche jedes Detail seines Aufenthalts an der französischen Côte beschrieb.

Mc Lorey saß während dieser Zeit an seinem Rechner. Das Gespräch mit Viskeletti hatte ihn nur kurz aus der Fassung gebracht. Der Regisseur wähnte sich wieder in Sicherheit. Selbst wenn es dem Ungarn gelingen würde, ihn zu finden, würde er ihn keinesfalls von seinem finalen Schritt abhalten.

Dass er sterben würde, stand für Mc Lorey ohnehin fest, weshalb er laut überlegte: »Sollte mich Viskeletti töten, dann hat er mir sogar einen letzten Dienst erwiesen.«

29

Viskeletti hörte den Polizeifunk ab. Er erhoffte sich Hinweise, die ihn direkt zu Mc Lorey führen würden. Das Einzige allerdings, was er mitbekam, war die Nachricht, dass die Freundin des Regisseurs gefangen genommen worden war. Und eben auch, dass man sich nach ihm auf die Suche machen würde.

»Sie haben Merige, Merige ...«, dachte er angestrengt nach.

Dann hatte er die zündende Idee: »Merige! Sie wird mich zu ihm führen!«

Er riss die Handbremse nach oben, drehte das Auto und raste mit hoher Geschwindigkeit zurück nach Monaco. Der Ungar sah hinaus und war sich sicher: Mit jedem Meter in Richtung des kleinen Fürstentums, mit jedem Meter in Richtung Polizei und mit jedem Meter in Richtung Merige würde er auch Mc Lorey näherkommen. Sein Hass war ins Unermessliche gewachsen. Niemand würde ihn, Viskeletti, aufhalten können, sein Ziel zu erreichen, Michael Mc Lorey umzubringen.

Wild entschlossen blickte der Ungar auf den Tacho. Die Nadel zeigte auf 190. Viskeletti ließ das Gaspedal durchgedrückt. In seinem gnadenlosen Willen, Merige zu finden, quälte er aus dem Polizeifahrzeug die letzten PS heraus. Sie würde ihn zu Mc Lorey führen, denn sie kannte immer seine Aufenthaltsorte. Und Viskeletti wollte nicht ruhen bis zu seinem eigenen Tod oder dem seines einstigen Idols. In nur kurzer Zeit waren aus Respekt und Bewunderung Hass und Verachtung geworden.

»Dich kriege ich, du mieses, verdammtes Schwein. Ich werde dir dein Leben zur Hölle machen.«

Er biss sich den Daumennagel bis weit in das Fleisch hinein ab. Der erste Blutstropfen erreichte die Spitze seiner Zunge. Er weckte die Gier in ihm, es möge das Blut Mc Loreys sein.

Leclerc und Mellendorf überquerten die breite Hauptstraße am Ortseingang von Fréjus mit Höchstgeschwindigkeit. Das Blaulicht an der Windschutzscheibe flackerte und glich sich dem unruhigen Untergrund der Straße an, die für Geschwindigkeiten weit über 120 Stundenkilometer nicht gebaut war.

Abwechselnd verkrampfte und entspannte sich Mellendorf auf dem Beifahrersitz. Die vergangenen Tage hatten dem Milliardär mächtig zugesetzt. Aus seinem Gesicht war die letzte Andeutung von Farbe gewichen. Aschfahl saß er neben dem Kommissar und dachte an die Zeit vor seiner Reise nach Südfrankreich. Nichts würde jemals wieder so sein, wie es gewesen war. Die Welt würde ihm glauben, ja. Aber was ihn nicht losließ, war, dass er in den letzten Tagen erfahren musste, wie scheinheilig und wie verworren diese Welt sein konnte. Wie unsäglich brutal.

Mellendorfs Gedanken kehrten zurück an den Ort des grausamen Verbrechens, zu dem Moment, als er die Tür seiner Suite aufgeschlossen hatte und das blutverschmierte Hotelbett sah. Eine Träne lief ihm über die Wange. Mellendorf begann, bitterlich zu weinen.

Mit hohem Tempo fuhr Leclerc weiter, darauf hoffend, dass er die verborgenen Zusammenhänge endlich durchschauen würde. Er hatte so viele Details über Michael Mc Lorey erfahren, dass für den Polizisten klar war: Mc Lorey musste der Drahtzieher gewesen sein. Darauf deutete auch seine Flucht hin, von der er von den monegassischen Kollegen per E-Mail erfahren hatte. Diese hatten ihm auch von der Befreiung Pescorts berichtet.

Über viele Stunden hatte ihm Mellendorf das Verhalten des Regisseurs geschildert. Hinzu kamen die merkwürdigen Funde im Hotel und die Kameras, die am Eingang des »Palasthotels« hinter den Buchstaben des Schriftzuges versteckt waren. Immer weitere Indizien gab es vor Ort: So wurden auch die im Müll versteckten Kleider der Crew, die das grausame Verbrechen vor Ort gefilmt haben musste, entdeckt, und die Blutspuren, die Viskeletti vom Pier zu waschen versucht hatte. Ein Puzzleteil fügte sich zu dem anderen, sodass des Rätsels Lösung bei Mc Lorey zu suchen war.

»Wir werden ihn aufspüren. Er wird für das büßen, was er dir angetan hat.«

Versehentlich duzte der Kommissar Mellendorf. Ein kurzes Lächeln huschte über sein Gesicht und er musste wieder an seine Frau denken: »Er ist es nicht!«

Sie hatte recht behalten.

Leclerc war sich darüber im Klaren, dass nicht viel Zeit bleiben würde, um Mc Lorey dingfest zu machen. Dass es Ferenc Viskeletti geglückt war, die Polizisten zu überwinden und wieder auf freien Fuß zu kommen, war ein Drama. Zumal die beiden getöteten Beamten wie auch die anderen jeweils Frau und Kinder hinterließen. Doch jede Medaille hatte eben zwei Seiten. Der Anruf des Ungarn bei Mc Lorey war abgefangen worden und die im Allgemeinen recht gut ausgestattete Polizei hatte sofort alles veranlasst, um die Täter zu orten. Die wenigen Minuten, die das Telefonat gedauert hatte, waren ausreichend gewesen, um herauszubekommen, wo sich Mc Lorey befand. Bis auf die Straße genau hatten die Telefontechniker das Gebiet eingrenzen können, in dem der Regisseur war. Zumindest in diesen Sekunden.

Mellendorf schaute auf die Hände des Kommissars, bemerkte seine mitunter hektischen Bewegungen. Ein Blick in dessen Gesicht zeigte ihm, wie groß die Anspannung Leclercs war.

»Was denken Sie?«, erschrak Mellendorf über die plötzliche Frage des Kommissars.

»Vieles«, entgegnete er.

Leclerc grinste: »Gleich so konkret!«

Auch Mellendorf lächelte. Er hatte kurzzeitig wieder Halt gefunden und Vertrauen zu dem noch jungen, aber doch schon sehr erfahrenen Polizisten neben sich gefasst. Doch Mellendorf hielt sich bedeckt und gab seine Überlegungen nicht preis.

»Jetzt reden Sie schon«, sagte Leclerc, während er mit dem Renault um die nächste Kurve jagte.

Nur wenige Kilometer trennten sie noch vom möglichen Aufenthaltsort des potenziellen Täters.

»Ich muss Ihnen noch ein Geständnis machen«, sagte Leclerc plötzlich.

Der Kommissar konnte sehen, wie überrascht Mellendorf war.

»Mc Lorey hat ihre Sekretärin entführen lassen!«

»Maritt?«

Die Angst stand Mellendorf ins Gesicht geschrieben.

»Warum?«

»Das wissen wir nicht – noch nicht!«

»Lebt sie?«

»Wir haben sie befreit. Sie war in den Händen eines Ungarn. Wir gehen davon aus, dass er vier Polizisten getötet hat und nun auf der Suche nach Mc Lorey ist.«

Mellendorf schwieg. Das Grauen der letzten Tage hatte ihn schon den letzten Nerv gekostet. Er fühlte sich verloren. Seine Gedanken schienen wie kleine Giftpfeile durch sein Gehirn zu schießen. Er war bis tief ins Mark erschüttert. Mc Loreys Wahnsinn, den der deutsche Milliardär nun mehr und mehr durchblickte, den er aber niemals verstehen würde, hatte ihn in diese furchtbare Situation gebracht. Doch nun war das alles Vergangenheit, nur noch Teil seines Unterbewusstseins. Seine gesamte Kraft würde er aufwenden, um Maritt zu helfen. Niemals hätte er in den vergangenen Tagen für möglich gehalten, dass sie plötzlich im Fokus stehen würde. Sie schien so weit entfernt von allem.

In den letzten Tagen hatte er oft an seine Sekretärin gedacht. Er wähnte sie in tiefster Sicherheit. Weit weg. In Rotterdam. In gewisser Art und Weise unruhig, weil er keinen Kontakt zu ihr aufgenommen hatte. Aber sie war in Sicherheit – dachte er, würde nichts mitbekommen von den abstrusen Machenschaften eines durchgeknallten Hollywood-Regisseurs, der Mellendorf in die tiefsten Abgründe seines Filmemacher-Daseins geführt hatte. Der ihn zur Hauptfigur einer Mordgeschichte machte. Der seine Freundschaft schamlos ausgenutzt hatte, um seinen großen Traum Wirklichkeit werden zu lassen.

»Lassen Sie uns zu ihr fahren«, sagte er plötzlich nach vielen Minuten des Schweigens.

»Das können wir nicht. Sie werden früh genug bei ihr sein. Jetzt aber gilt meine und hoffentlich auch Ihre Konzentration Mc Lorey. Bei ihm finden wir den Schlüssel zu all dem, was Ihnen und Ihrer Sekretärin zugestoßen ist!«

Mellendorf spürte die in ihm aufkommende Unruhe und die Liebe zu Maritt. Niemals wäre er auf den Gedanken gekommen, jemand aus seinem Umfeld könnte in diese Situation, die für ihn selbst immer noch weitgehend unerklärlich war, verstrickt worden sein.

Er dachte an bessere Tage zurück und an sein Verhalten. Egoistisch war es gewesen, ohne sie in einen Liebesurlaub zu fahren – und nichts anderes hatte er sich unter den Tagen an der Côte vorgestellt. Er hasste sich dafür, dass er sich ihr gegenüber viel zu selten offen gezeigt hatte. Dachte an Momente, in denen er sie schamlos ausgenutzt hatte zum Wohle des Unternehmens, zu seinem eigenen Wohle – so seine Interpretation in diesen Minuten. Ihm gingen die vielen Akten durch den Kopf, die er ihr auf den Schreibtisch geknallt hatte, obwohl er wusste, dass sie bereits in Arbeit ertrank. Von ihrer Seite gab es keinerlei Widerspruch und er hätte diesen auch niemals geduldet. Trotz aller freundschaftlichen Beziehungen hatte Mellendorf nie einen Zweifel daran aufkommen lassen, wer der Vorgesetzte war und wer die Angestellte.

Der Unternehmer träumte sich zurück an seinen eigenen Schreibtisch, dachte an die Minuten, als er sie wie ein junger Erwachsener, der seine ersten Liebeserfahrungen macht, angesehen und mit seinen Blicken ausgezogen hatte.

Einmal hatte er sie erwischt, wie sie ihren Rock nach unten über die Hüften geschoben und mühsam das Etikett ihres Strings entfernt hatte, das sie augenscheinlich störte. Verstohlen hatte er sich hinter der Tür versteckt und es nicht lassen können, ihr so lange zuzuschauen, bis sie sich wieder angekleidet hatte. Erst dann war er in ihr Büro gestürmt und hatte ihr unwichtige Anweisungen gegeben. Mellendorf konnte nicht anders: In seinem tiefsten Inneren wünschte er sich nichts sehnlicher, als Maritt nahe zu sein, wagte sich aber nicht an seine Sekretärin heran, schon deshalb, weil es seinem Ego widersprochen hätte.

Er würde, musste sie wiedersehen. Das war ihm in diesen Sekunden klarer denn je. Schließlich war er verantwortlich für das, was ihr in den vergangenen Tagen zugestoßen war.

Mellendorf erinnerte sich an den Tag, als er Maritt für sein Unternehmen gewonnen und ihr deutlich gemacht hatte, dass er genau sie als Sekretärin benötigte. Von den außerordentlichen Fähigkeiten Maritts hatte Mellendorf in seinem heimischen Golfclub erfahren, von seinem Golfpartner. Mellendorf hatte die Freundschaft, die ihn mit ihm verband, kurzerhand aufs Spiel gesetzt und ihm das junge Mädchen abgeworben.

»Mit Geld, womit sonst?«, hatte er schamlos zugegeben.

Er war mit seinem Gebot so hoch gegangen, dass die Holländerin gar nicht anders konnte, als ihm zuzusagen. Mehr als das Doppelte konnte sie bei Mellendorfs Ölkonzern verdienen.

»Viel zu wenig«, dachte sich der Unternehmer jetzt, »und nun sind auch noch die grauenerregenden Ereignisse über Maritt und mich hereingebrochen.«

Mellendorf wirkte in diesen Sekunden und Minuten apathisch und Kommissar Leclerc musterte ihn immer wieder, sagte aber nichts. Er merkte dem Deutschen an, dass er total fertig und mit seinen Gedanken bei Maritt Pescort war.

»Maritt?«, fragte Mellendorf.

Leclerc schaute Mellendorf fragend an.

»Was?«

»Wo ist sie genau?«

»Wir können über Funk meine Kollegen verständigen und fragen, wo sie ist. Aber glauben Sie mir: Ihr kann nichts passieren. Sie ist in unserer Obhut!«

30

Wie durch einen Nebelschleier hörte Mellendorf die Stimme Leclercs, erfasste nur Wortfetzen. Er konnte sich so gut wie gar nicht auf das Gespräch konzentrieren, murmelte wieder und wieder den Namen seiner Sekretärin.

Plötzlich meldete sich der Funk: »Leclerc?«

»Ja!«

»Wo bist du?«

»Die Leitung ist nicht sauber. Daher spielt es jetzt keine Rolle, wo wir sind! Was gibt's?«

»Sie ist weg!«

»Wer?«

»Die Sekretärin!«

»Was?«, schrie Mellendorf, der den Polizeifunk entsetzt mitverfolgt hatte.

»Warum?«, tobte nun auch Leclerc.

»Die beiden Beamten sind tot, der Wagen ist Schrott und Maritt Pescort weg!«

Viskeletti lachte. Einmal mehr hatte er sie alle an der Nase herumgeführt. Es war ihm ein Leichtes gewesen, den Einsatzwagen mit Merige ausfindig zu machen und zu stoppen – und wieder hatten Polizisten sterben müssen.

Merige würde ihn zu Mc Lorey führen.

Doch Viskeletti brauchte auch Maritt Pescort. Sie in seine Hände zu bekommen, war ihm gleichfalls spielend gelungen: Er hatte den Polizeifunk abgehört, war dem Einsatzwagen gefolgt und hatte schließlich auch sie in seine Gewalt gebracht.

»Wenn doch alles so glatt gelaufen wäre. Jetzt wird sie büßen, diese holländische Schlampe«, dachte er sich.

Für Viskeletti war klar: Wäre die hübsche Holländerin nicht gewesen, würde er nun als einer der wichtigsten Helfer des bekannten Hollywood-Regisseurs auf einer wunderschönen Yacht liegen, hätte sich nie mehr über Geld, Respekt und Frauen Gedanken machen müssen. Er steigerte sich so sehr in seine Wunschträume hinein, dass vorübergehend sogar die Wut auf Mc Lorey erlosch, der ihn so schamlos missbraucht hatte. Umso stärker loderte aber sein Hass kurze Zeit später wieder auf. Er blickte in die Gesichter der total verängstigten Frauen, die wie zusammengeschnürte Pakete auf der Rückbank des Polizeiwagens saßen.

»Ihr werdet beide sterben«, sagte der Ungar kalt. »Vor Mc Lorey oder nach Mc Lorey?«, dachte er laut nach.

Er hörte das Wimmern der entsetzten Frauen.

»Schnauze!«, brüllte er durch den Wagen, sodass das Vibrieren seiner Stimme den kleinen Raum zwischen den Vorder- und Rücksitzen erbeben ließ.

Die Gesichtszüge Viskelettis waren verzerrt. Seine Wangenmuskulatur verspannte sich und schmerzte, doch er presste die Zähne immer stärker aufeinander. Gleichzeitig trat er das Gaspedal mehr und mehr durch – bis zum Anschlag. Der Motor heulte auf. Ohne die Kupplung zu treten, rammte Viskeletti den nächsthöheren Gang in das Getriebe des Renaults. Seine Wut übertrug sich mit jedem Meter mehr auf das Fahrzeug, das ihn zum großen Finale, zu Mc Lorey bringen sollte.

Merige schaute auf Maritt, die den Blick auf den Boden gesenkt hielt. Tränen rannen über ihr Gesicht. Merige spürte die Fesseln, die sich den Weg in ihr Fleisch bahnten. Die Schmerzen wurden immer heftiger, aber das war die geringste ihrer Sorgen. Sie hatte Todesangst, doch sie verbarg ihre wahren Gedanken. Sie drehte ihre zusammengebundenen Hände zu Maritt Pescort und schaffte es, mit ihrem kleinen Finger Körperkontakt zu der jungen, hübschen, geschundenen Holländerin aufzunehmen. Sie streichelte sie so zärtlich, wie es mit einem einzigen Finger nur möglich ist. Langsam wanderte der Finger über Maritts Haut, die den Kopf hob und verweint in die Augen der Französin sah. Was sie darin wahrnahm, war das, was sie in ihrem tiefsten Inneren jetzt brauchte: Hoffnung und Kampfeswillen. Es war der erste Schritt zurück in die Freiheit, so glaubte Maritt – nein, sie war sich dessen plötzlich sogar sicher.

Im nächsten Moment legte der Renault eine Vollbremsung hin und wurde aus der Kurve getragen.

31

Mellendorf saß am Steuer des Polizeiwagens, neben ihm der gefesselte Leclerc. Der Deutsche spürte die Anspannung in seinem ganzen Körper.

»Warum?«, fragte Leclerc.

»Wegen Maritt! Nur wegen ihr!«

Es geschah in dem Augenblick, nachdem die Polizeimeldung den Kommissar über Funk erreicht hatte: Während Leclerc fluchend die Unfähigkeit seiner Kollegen anprangerte, zog ihm Mellendorf die Dienstwaffe aus dem Halfter. Der Polizist war viel zu überrascht gewesen, als dass er das hätte verhindern können. Bis er realisierte, was eigentlich passiert war, spürte er bereits den kalten Lauf an seiner Schläfe. Er riss die Augen ungläubig auf und wollte gerade etwas sagen, als ihm Mellendorf über den Mund fuhr.

»Anhalten!«

»Aber ...«

»Halten Sie sofort den Wagen an!«

»Ich kann nicht!«

»Sie können. Sie werden jetzt diesen verdammten Scheißkarren an den Straßenrand bewegen und zum Stillstand bringen!«

Leclerc merkte, wie nervös Mellendorf war.

»Langsam«, sagte er, »ich werde anhalten! Aber nehmen Sie die Waffe von meiner Schläfe!«

Mellendorf senkte die Pistole und hielt sie nun gegen das rechte Bein des Kommissars.

»Eine falsche Bewegung und ich jage Ihnen eine Kugel ins Bein. Und Sie können sich dessen gewiss sein: Die zweite wird nicht lange auf sich warten lassen!«

Leclerc drosselte die Geschwindigkeit rapide, lenkte den Wagen auf den Fahrbahnrand und hielt an. Mellendorf zwang ihn, sich die Handschellen selbst anzulegen und sich an das Lenkrad zu ketten. Dann stieg er aus, lief ums Auto herum, stieß sich dabei mächtig das Knie an der Motorhaube und humpelte auf der Fahrerseite wieder zu Leclerc zurück. Er öffnete die Handschellen am Lenkrad und griff hastig nach der rechten Hand des Kommissars. Die Pistole zielte genau auf den Unterleib des Polizisten, der sich ohne Gegenwehr dem ergab, was der Deutsche mit ihm vorhatte.

Kaum hatte Mellendorf die Hände Leclercs auf dem Rücken mit Handschellen gesichert und die Beine des Franzosen mit einem Seil zusammengebunden, das Mellendorf im Kofferraum gefunden hatte, ließ der Unternehmer den Motor an, wendete das Auto und fuhr zurück in Richtung Monaco. Sie hatten sich inzwischen rund siebzig Kilometer von dem Fürstentum entfernt.

Über Funk erreichte Leclerc eine Nachricht.

»Antworten Sie! Aber kein falsches Wort!«, sagte Mellendorf.

»Hier Leclerc«, meldete sich der Kommissar.

»Chef! Wir haben das Haus von Mc Lorey in Fréjus ausfindig gemacht. Es wird in dieser Sekunde umstellt! Wo sind Sie jetzt? Wann können Sie dort sein?«

Leclerc schaute Mellendorf fragend an.

Dieser bedeutete ihm zu sagen, dass es etwa dreißig bis vierzig Minuten dauern werde, bis auch er eintreffe. Vorher solle sich niemand zeigen und niemand eingreifen. Er wolle Mc Lorey auf alle Fälle lebend.

»Danke!«, sagte Mellendorf, als Leclerc seine Antwort über Funk abgesetzt hatte.

»Wofür? Dafür, dass Sie mich hier als Gefangenen halten? Dafür, dass Sie sich selbst hinter Gitter bringen? Jetzt werden Sie aus dieser Geschichte nicht mehr herauskommen. Sie sind kein Mörder, aber ein Entführer und Sie widersetzen sich der Staatsgewalt. Außerdem werden Sie als einer der reichsten Männer Europas die Schlagzeilen der Medien beherrschen, da man in Ihnen den Täter schlechthin gefunden hat. Der eigentliche Mörder wird kaum Beachtung finden – dank Ihnen! Sie sind für alle das gefundene Fressen, denn was gibt es Schöneres als einen Millionär zum Opfer zu stempeln? Sie werden für das büßen, was Sie gerade tun. Und das Schlimmste ist: Sie selbst werden nichts daran ändern können, dass Ihre Sekretärin in der Hand eines furchtbaren Verbrechers ist, der in den letzten Stunden etliche Menschen blutrünstig getötet hat.«

Mellendorf schwieg zunächst.

Dann sagte er: »Für alles, was ich getan habe, stehe ich gerade. Und wären Ihre Beamten nicht so blöd gewesen, hätte es für meine Aktion keinen Grund gegeben.«

Erschüttert saß Leclerc da, sagte kurzzeitig nichts, ehe ihn eine grenzenlose Wut packte.

»Diese Polizisten, die Sie als blöd bezeichnen, haben mit ihrem Leben dafür bezahlt, dass sie zu unvorsichtig waren, dafür, dass sie einen Fehler gemacht haben. Aber dieser Preis ist zu hoch.«

Es herrschte eisige Stille zwischen den beiden.

32

Viskeletti lief fluchend um den Polizeiwagen. Ein Blick auf sein verdammtes Handy hatte ausgereicht, dass er den Wagen in den Graben gesetzt hatte. Zwei Räder hingen in der Luft, die Front war mächtig eingedrückt und aus dem Kühler entwich fauchend heißer Dampf. An ein Weiterfahren war nicht zu denken.

»Aussteigen!«, schnauzte er die beiden Frauen auf dem Rücksitz an. »Sofort!«

Merige und Maritt gehorchten und schoben sich über die hintere Tür auf der Fahrerseite aus dem Auto.

Viskeletti konnte seine Augen nicht von den schönen Körpern der Frauen lassen.

»Nicht schlecht, nicht schlecht!«, sagte er und hatte sein Grinsen wiedergefunden.

Angewidert drehten sich Maritt und Merige von ihm weg. Die Fesseln schmerzten jetzt mehr denn je, doch Viskeletti interessierte das nicht. Im Gegenteil: Mit einem weiteren Strick band er die Hände der Frauen aneinander, sodass an ein kontrolliertes Laufen beider kaum noch zu denken war. Der Ungar packte die Kordel, an der die Frauen hingen, und zog sie in den an die Straße angrenzenden Wald.

Dreißig Minuten lang liefen die drei durch den dicht und dichter werdenden Wald. Es gab keinerlei Wege. In die Beine von Merige, die immer noch ihren Minirock trug, bohrten sich Dornen, Stacheln und Äste. Als sich Viskeletti endlich zu einer Pause entschied, war ihr rechtes Bein über und über von schmerzenden Wunden übersät. Sie begann zu weinen.

»Halt's Maul! Ich kann euer Geflenne nicht mehr hören!«, schrie Viskeletti sie an.

Dann grinste er wieder.

»Eigentlich hätte mir ja eine von euch schon gereicht. Aber dass es mir die Bullen so einfach machen, euch beide zu kriegen ...«

Er lachte schallend in den Wald und spielte mit seiner Pistole.

Nun rannen auch Maritt Tränen über die Wangen.

»Jetzt habe ich zwei Geiseln. Durch dich«, er deutete auf Merige, »werde ich meinen Hass besänftigen. Du wirst mich zu Mc Lorey führen, der dafür sterben wird, dass er mich an die Bullen verkauft hat! Und du«, sagte er mit Blick auf Maritt, »wirst mir für den Rest meines Lebens alle meine Träume erfüllen: Dein Chef wird so viel Geld für deine Freilassung zahlen müssen, dass ihm schwarz vor Augen wird. Und dann werden wir sehen, ob du noch zu ihm zurück oder nicht bei mir bleiben willst! Aber andererseits: Was will ich mit einer Leiche?«

Wieder hallte sein Lachen durch den Wald.

Viskeletti stand auf und zwang die beiden Frauen, rund vierzig Minuten weiterzulaufen, bis sie die nächste Straße erreichten.

Laurent Leclerc sah sich um. Er war unsanft auf den Asphalt gefallen und ihm rann Blut über die Lippen. Sein Gesicht schmerzte. Einen solchen überraschenden Schlag hatte er Mellendorf nicht zugetraut. Urplötzlich hatte der Deutsche das Auto angehalten, die Beifahrertür aufgestoßen und ihn mit einem straffen Schlag ins Gesicht aus dem Fahrzeug befördert. All das dauerte nur wenige Sekunden.

Völlig hilflos, mit den Handschellen und dem Seil gefesselt, lag Leclerc auf dem harten Beton. Mit der rechten Hand stützte er sich vom Boden ab und blickte dem davonfahrenden Renault hinterher.

Noch benommen von dem Schlag hörte er, wie jemand im Wald schallend lachte. Oder hatte er sich verhört? Waren es nur Stimmen in seinem brummenden Schädel?

Mühsam erhob sich Leclerc und schaute über die Leitplanke. Er gewahrte die Gesichter zweier ihm unbekannter Frauen. Sie sahen ihn hilfesuchend an. Erst auf den zweiten Blick erkannte er Merige, ihr Körper war voller Wunden. Beide Frauen waren gefesselt.

Als er Merige ansprechen wollte, deutete sie ihm an, er solle den Mund halten. Der Kommissar hielt inne. Dann entdeckte er weiter hinten den großen, muskulösen Mann, den er bislang nur von Fotos kannte. Aber er hatte keinerlei Zweifel: Es konnte nur Viskeletti sein.

»Wer bist du? Was machst du hier an der Autobahn? Und wer hat dein Gesicht so vermöbelt?«, lachte Viskeletti. »Das sieht ja beinahe so aus, als wäre ich das gewesen.«

Leclerc sagte nichts.

Der Ungar erwartete auch gar keine Antwort und machte ihm stattdessen klar, dass er an seiner Gesellschaft keinerlei Interesse hatte – wer auch immer er war.

33

Mc Lorey blickte auf seinen Rechner, auf die rund 350 Links, die mit seinem fertiggestellten Realostreifen gekoppelt waren. Er hatte über die Worte Viskelettis nachgedacht und war zu dem Schluss gekommen, dass es sich nur um leere Drohungen handelte. Niemals würde dieser unfähige Kleinverbrecher ihn von seinem größten Werk, von *dem* Werk der Filmgeschichte abhalten.

Er überflog nochmals und nochmals die Liste. Mit einem letzten Mausklick würde er sich unsterblich machen.

Zufrieden griff er nach einer Zigarette und sagte: »Der Moment ist gekommen!«

Der Mauszeiger wanderte über den dunkelblauen Bildschirm, den schon lange kein Desktopbild mehr zierte. Warum auch? Was sollte ein Regisseur seines Formats Tag für Tag vor sich sehen wollen? Nichts würde ihn mehr langweilen als irgendwelche eintönigen Landschaftsbilder oder Aktfotos von irgendwelchen zweitklassigen Frauen. Nein. Das dunkle Blau seines Schirms strahlte Tiefe aus und Reinheit: Es untermauerte damit genau das Bild, was Mc Lorey von sich selbst hatte.

Immer hatte er sich mit Unternehmern wie Bill Gates verglichen, in dessen Kreativität er sein eigenes Genie widergespiegelt sah. Viele von dieser Sorte fielen im allerdings nicht ein, schon gar nicht Frank Mellendorf, dieser Naivling. Über Jahre hatte er den Deutschen an der Nase herumgeführt. Einen der reichsten Männer Europas. Einen der meistgelobten Unternehmer der Welt. Selbst die vielen Berater des Deutschen hatten niemals auch nur in Erwägung gezogen, dass die Freundschaft zu einem Hollywood-Regisseur eine gefährliche Seite haben könnte. Ganz im Gegenteil. Stets hatten sie Mellendorf zu der Freundschaft mit Mc Lorey geraten, um den Medienrummel, der um ihn herum herrschte, für sich und sein Unternehmen nutzen zu können.

»Tja, dafür spielst du, lieber Frank, jetzt die Hauptrolle in einem Film, der die Welt erschüttern wird. Ein tatsächliches Opfer, echtes Blut, eine irrsinnige Story – dazu mit einem Topmanager in der Hauptrolle ... Das hat es noch nie gegeben!«

Und auch die grotesken Fehler der Polizei waren real und kein Fantasieprodukt. Dass er an manchen Stellen hatte nachhelfen müssen, das sah sich Mc Lorey selbst nach. Zu viele Menschen hätte er in sein Vorhaben einweihen müssen, um auch dieses letzte Quäntchen Hollywood-Feder gegen das Notizbuch eines Berichterstatters zu tauschen.

»Die schmutzige, unwirkliche Welt ist auf ihrer Suche nach Realität nicht bereit, den von mir vorgezeichneten Weg zu gehen«, konstatierte er für sich selbst.

Der Regisseur war mit seinem Produkt zufrieden und schaute wieder in das Blau seines Rechners. Dann drückte er den rechten Mausknopf, griff befriedigt zu seinem Sektglas, führte es zum Mund und nahm einen tiefen Zug. Die Welt war um den größten Film der Filmgeschichte reicher.

Als die E-Mail mit dem brisanten Anhang ihren Weg zur Deutschen Presse-Agentur dpa fand, läuteten bei Klaus Mengler, junger Chef vom Dienst und erst seit wenigen Monaten im Amt, die Alarmglocken. Zunächst hatte er die E-Mail als Spam-Mail eingeordnet. Doch nachdem sämtliche Kontrollen grünes Licht gaben, machte sich der 32-Jährige daran, die elektronische Post genauer unter die Lupe zu nehmen. Der Betreff »Realmord« hatte ihn neugierig gemacht.

Seit seiner Ernennung zu einem von insgesamt sechs Chefs hatte er sich stets gewünscht, der Diensthabende zu sein, wenn etwas Revolutionäres und gleichzeitig Medienwirksames die Redaktion der größten deutschen Agentur erreichte, denn zumeist war sein Job eher eintönig. Mengler beschäftigte sich mit einem Sammelsurium diverser Medienartikel, die bereits längst einen enormen Bekanntheitsgrad hatten oder so gar niemanden auf dem Globus interessierten. Es waren oft langweilige Schichten, in denen er sich dem Studium zahlreicher Meldungen widmete. Dabei hatte er sich einst gewünscht, als er eine kleine provinzielle Zeitung in Bayern verlassen hatte, er würde in die große weite Welt des überregionalen Journalismus aufsteigen.

Seine neue Anstellung in Frankfurt war recht gut, aber nicht nur positiv. Machtspielchen aller Art waren auch bei der großen Agentur an der Tagesordnung und so entstand ein Hauen und Stechen um die vorderen Posten und Pöstchen, dem sich Mengler beharrlich zu entziehen versuchte. Dass er jetzt das Amt des Chefs vom Dienst bekleidete, war das Ergebnis wirklich harter Arbeit und eine Chance, um sich einen Namen zu machen – in der Branche, in der Öffentlichkeit. Jedoch war ein weiterer Aufstieg, sei er interner oder externer Art, bei Weitem nicht nur von der eigenen Hingabe und Leistungsstärke abhängig, sondern vielmehr auch von dem Stoff, den die Welt ihm bot. Es galt, im richtigen Moment am richtigen Ort und bereit zu sein, die Welt mit einer der spektakulärsten und ungeheuerlichsten Neuigkeiten zu versorgen.

»Michael Mc Lorey?«

Der Name war Mengler natürlich ein Begriff. Für ihn stand Mc Lorey mit Spielberg, Emmerich, Tarantino, Coppola ..., den Altmeistern der Filmfabrik Hollywood, auf einer Stufe. Die letzten Jahre hatten es bewiesen: Was der Amerikaner anfasste, was er zu Ende brachte am Filmhorizont: Es wurde zu Gold.

Die aktuellen Werke Mc Loreys hatte Mengler allesamt im Kino verfolgt, hatte viele – oftmals auch vernichtende – Kritiken gelesen. Jedoch sprach die große Heerschar der Fans eben für den Star-Regisseur. Und Mengler hatte immer wieder innerlich schmunzeln müssen, als er die herben Kritiken gelesen hatte, war er doch einer Meinung mit den vielen Anhängern Mc Loreys, die sich durch ihn ebenfalls bestens unterhalten fühlten.

Gedankenverloren blickte Mengler wieder auf seinen Rechner. Noch zwei Stunden würde seine CvD-Schicht an diesem Tage dauern. Er würde also noch Zeit haben, sich ein erstes Bild von dem neuen Mc Lorey-Streifen machen zu können, ehe sich der nächste Chef vom Dienst einen Eindruck vom Wert dieser E-Mail verschaffen würde.

Der junge deutsche Journalist klickte den Anhang an und wartete, bis seine Systeme den Film zum Laufen brachten. Michael Mc Lorey hatte dem eigentlichen Film eine kurze Autobiografie vorgeschaltet. Mengler hörte mit größtem Interesse zu, was der Regisseur zu seiner eigenen Person, zu seinen Fähigkeiten als Filmemacher sagte. In jedem seiner Worte und Gesten schwang eine maßlose Überheblichkeit mit, was die eigene Leistungsstärke und das Vermögen anbelangte, Großes zu schaffen. Kein Zweifel: Mc Lorey fühlte sich als Genie.

Er beendete seine Selbstdarstellung mit den Worten: »Dieser Film wird Ihnen zeigen, wozu ein Regisseur in der Lage ist, wenn er meine Größe erreicht hat. Seien Sie geschockt, seien Sie sprachlos. Mein Meisterwerk macht mich unsterblich!«

»Mein Gott, was für eine Selbstüberschätzung!«, dachte Mengler laut nach, als er die Worte Mc Loreys hörte.

34

Den ersten Schlag Viskelettis hatte Leclerc weggesteckt. Der zweite aber traf ihn dermaßen hart am Kinn, dass sein vegetatives Nervensystem auf Notprogramm umschaltete. Der Kommissar kippte hintenüber und blieb auf der Straße liegen. Nochmals trat der Ungar zu und streifte mit dem Fuß auch Leclercs Nase. Sofort schoss Blut aus seinen Nasenlöchern.

»Hör auf, hör doch endlich auf«, hörte er die Worte von Maritt Pescort an sein Ohr dringen, »warum tust du das?«

Sie schrie und versuchte, an Viskeletti heranzukommen. Jedoch hinderte sie die Kette, die sie mit Merige verband, sich ihm zu nähern.

»Halt's Maul! Ich kann keine Zeugen brauchen. Und auch keine lästigen Gefährten, die sich an uns dranhängen, ohne dass sie für uns irgendeinen Sinn machen.«

Viskeletti trat zu Leclerc, drehte ihn auf den Rücken und sah ihm in die Augen. Zielsicher tastete er den Puls an der Halsschlagader und sagte zu Maritt Pescort: »Was willst du denn? Der lebt doch noch!«

Der Ungar setzte sich neben den Polizisten auf den Straßenbelag. Er durchsuchte dessen Taschen, fand aber nicht mehr als ein gebrauchtes Taschentuch und eine Visitenkarte. Viskeletti warf nur einen kurzen

Blick darauf. Dann ließ er sie fallen, ohne ihr weitere Bedeutung zuzumessen.

Maritt konnte die Buchstaben auf der Karte zwar nicht lesen. Zu weit lag sie von ihr entfernt. Jedoch erkannte sie das Design sofort. Dieses war zu extravagant, als dass sie nur den geringsten Zweifel hatte: Mellendorf. Die Visitenkarte stammte von ihrem Chef.

»Was glotzt du so blöd?«, brüllte Viskeletti sie an.

Und dann wanderte sein Blick erneut auf die Visitenkarte.

»Mellendorf? Das gibt es ja gar nicht! Wie kommt der in den Besitz der Karte deines Chefs? Sag es mir!«

»Woher soll ich das wissen?«, fauchte Maritt ihn an.

Sie hatte das letzte bisschen Respekt vor ihm längst verloren und hielt ihre Ängste im Zaum.

Viskeletti wandte sich von ihr ab, setzte sich neben Leclerc und ohrfeigte ihn. Dieser kam allmählich wieder zu Bewusstsein.

Mc Lorey schaute nicht mehr auf seinen Rechner, als die Bestätigung des Versands der E-Mail ihn erreichte. Auch die Fehlermeldung, dass die E-Mail lediglich an info@dpa.de verschickt worden, die Versendung an alle weiteren Adressaten aber fehlgeschlagen war, registrierte er nicht.

Der Regisseur lugte aus dem Fenster. Längst hatte er die vielen Polizisten bemerkt, die sich um sein Haus geschart hatten. Doch sie waren ihm egal – nun, nachdem seine Arbeit vollbracht war. Er wollte nur noch schlafen. Den endlosen Schlaf beginnen, sein irdisches Leben hinter sich lassen, unsterblich geworden durch ein Werk, das ihn in der Filmszene zu einem Gott würde aufsteigen lassen. Dessen war er sich sicher.

Als Mc Lorey die Pistole an seine Schläfe setzte, spürte er das kalte Metall. Seine Adern zogen sich zusammen, als der Lauf seine Haut berührte. Langsam zog er den Bolzen nach hinten. Noch einmal blickte Mc Lorey auf seinen Computer, der längst auf Standby-Modus umgeschaltet hatte. Er lächelte noch einmal und spürte den Schuss.

Dann wurde es um ihn herum finster.

Die Kugel hatte Mc Loreys Arm direkt unterhalb der Hand durchbohrt und das Blut floss in Strömen. Der Regisseur war sofort zusammengebrochen und kopfüber auf den Rechner gestürzt, der nun wieder die Meldung der nicht korrekt abgeschickten E-Mail preisgab. Der Polizist, der den gezielten Schuss auf die Hand des Filmemachers abgegeben hatte, ergriff Mc Lorey und fesselte ihn. Auch die Erstversorgung der Wunde nahmen die Beamten sofort vor, ehe sie, wie schon in den Stunden zuvor, erneut versuchten, mit Laurent Leclerc Kontakt aufzunehmen. Doch wieder antwortete der Kommissar nicht.

Frank Mellendorf aber hörte die Nachricht. Freuen konnte er sich derweil nicht darüber, dass es den Beamten gelungen war, Mc Lorey zu überwinden. Was ihn Stunden zuvor noch bewegt hatte, war für den deutschen Industriellen jetzt nur noch Makulatur. Sein einziger Gedanke galt Maritt und ihrer Befreiung. Doch wo sollte er nach ihr suchen? Sie musste in Südfrankreich sein. Oder hatte sie dieser Irre bereits außer Landes geschafft? War sie überhaupt noch am Leben?

Von einem Weinkrampf geschüttelt steuerte Mellendorf den Renault an den Straßenrand. Die ihn über

Polizeifunk erreichende Nachricht riss ihn aus seiner extremen Anspannung und ließ ihn aufhorchen.

»Kommissar Leclerc, bitte melden Sie sich. Wir sehen uns sonst gezwungen, nach Ihnen zu fahnden.«

Mellendorf schüttelte den Kopf.

»Idioten!«

Er stellte den Renault am Straßenrand ab, stieg aus und machte sich zu Fuß weiter auf den Weg. Wegen eines Wagens würde ihm schon noch etwas einfallen.

35

Leclerc erwachte und sah in das breite, harte Gesicht von Viskeletti.

»Na also – schön die Augen offen lassen. Sonst puste ich dir komplett das Licht aus!«

Viskelettis Gesichtszüge wurden noch härter.

»Was hast du mit Mellendorf zu schaffen? Wer bist du?«

Langsam und mit geschwächter Stimme antwortete der Kommissar: »Ich kenne keinen Mellendorf!«

Viskeletti griff ihm an die Kehle und drückte ihn zurück auf den Asphalt.

»Erzähl mir keine solche Scheiße! Du hast eine Visitenkarte von ihm! Also: Woher kennst du ihn? Und wer bist du?«

»Ich bin bei ihm angestellt!«

Der Griff Viskelettis wurde fester.

»Nächster Schwachsinn! Hier sitzt seine Sekretärin, doch sie kennt dich nicht! Oder sie lügt? Einer von euch wird in den nächsten Sekunden dran glauben müssen, wenn ihr weiter meint, mich verarschen zu können. Wenn ihr mir noch ein einziges Mal einen solchen Blödsinn erzählt, werdet ihr beide sterben!«

Viskeletti zerrte Maritt Pescort an der Hand.

»Und? Wer ist er?«

»Ich weiß es nicht«, sagte sie verstört und erschreckt. Und ergänzte schnell: »Aber ich kenne auch nicht alle unsere Mitarbeiter.«

»Nun zu dir, du Arsch! Wer bist du?«

Leclercs Gesicht begann, blaue Züge anzunehmen, und er rang nach Luft.

»Lass sie in Frieden! Lass die Frauen laufen und nimm mich als Geisel!«

»Warum sollte ich das tun? Was hast du mir zu bieten? Nichts. Gar nichts.«

»Ich bin Kommissar Leclerc«, krächzte er.

Viskeletti sah ihm in die Augen. Dann hallte sein lautes Lachen erneut durch die französische Landschaft.

»Mein Gott, was für ein geiler Tag!«

Er ließ abrupt Leclercs Hals los. Der Kommissar wandte sich zur Seite und begann lautstark zu husten.

»Halt die Schnauze!«, knurrte Viskeletti. »Ich muss nachdenken!«

Dann griff er nach den Fesseln der Frauen und band auch den Kommissar daran fest.

»Warum haben Sie das getan?«, fragte Merige ihn.

»Ach? Man kennt sich!«

Viskelettis Faust rauschte in das Gesicht der hübschen Französin, die mit blutender Nase zu Boden stürzte und dabei Maritt und Leclerc mitriss.

»Ihr werdet sterben – alle«, sagte Viskeletti mit leiser, aber energischer Stimme.

Dann drehte er sich von den dreien weg in Richtung Straße und hielt den Daumen raus. Es dauerte nur wenige Minuten, bis ein Autofahrer seine Geschwindigkeit drosselte, das Seitenfenster herunterkurbelte und Viskeletti fragte, wohin er denn wolle.

Es war der nächste Mord des Ungarn an diesem Tag.

Mit 180 Stundenkilometern brauste der Mercedes, den er sich wenige Minuten zuvor zu eigen gemacht hatte, über die französische Landstraße. Zielsicher. Viskeletti musste bei Mc Lorey sein, ehe die Polizei ihn finden würde. Mit Merige als Faustpfand würde er sich des Films bemächtigen und den Regisseur ins Jenseits befördern.

»Nichts anderes hast du mehr verdient!«

Der Weg nach Fréjus war Viskeletti bekannt. Dass die Nacht mehr und mehr über der französischen Küste hereinbrach, erschwerte Viskeletti zwar die Orientierung, dennoch kam ihm die Dunkelheit entgegen.

Erst spät fiel ihm der an der rechten Straßenseite laufende Mann auf. Viskeletti schaute in den Rückspiegel, schaltete runter und wendete. Als er auf dem Rückweg erneut an dem deutschen Industriellen vorbeikam, erhielt er die Bestätigung für das, was er schon geahnt hatte: Er hatte die nächste große Nummer gefunden.

Mellendorf erkannte Viskeletti nicht. Doch als er das Auto wenden und heranrasen sah, war ihm bereits klar, dass Unheil drohte. Mit einem Sprung über die Leitplanke wollte er versuchen zu flüchten. Doch das gelang ihm nicht. Der Mercedes streifte ihn mit dem rechten Kotflügel und streckte ihn zu Boden. Vor Schmerz verzerrte Mellendorf sein Gesicht, als ihm Viskeletti in die Augen blickte.

»Vier auf einen Streich!«, sagte der Ungar.

Das Letzte, an das sich der Deutsche später erinnern konnte, war der harte Schlag in sein Gesicht. Dann wurde es um ihn herum Nacht.

»Frankreich ist ein Dorf«, sagte er und begann wieder laut zu lachen.

Dann raste er gen Fréjus.

»Ein Mörder, Selbstdarsteller, Fantast und Wahnsinniger – der neue Film von Michael Mc Lorey ist an Irrsinn nicht zu überbieten.«

Die Meldung von Klaus Mengler verbreitete sich im Internet wie ein Lauffeuer.

»Wie die Deutsche Presse-Agentur meldet, hat sich der amerikanische Regisseur Michael Mc Lorey ein Denkmal gesetzt. Vom Filmemacher zum Mörder – ein Film wie ein Realstreifen. Gewohnt perfekt gedreht, aber mit dem perfidesten Hintergrund, den sich ein Mensch nur ausdenken kann. Eine junge Frau wird ermordet – nicht erzählt, nicht erfunden. Nein: live gedreht und tatsächlich getötet«, vermeldete die AP.

Doch warum hatte der Amerikaner nur die dpa mit dieser Story bedacht? Warum beriefen sich alle anderen Agenturen auf die Nachricht, die der stellvertretende Chef vom Dienst ins Netz gestellt hatte? Weshalb stand ausgerechnet die Deutsche Presse-Agentur im Zentrum des Interesses von Mc Lorey?

Diese Fragen stellte sich Klaus Mengler erst, nachdem er die Mitteilung längst publik gemacht hatte. Doch er wischte diese Gedanken schnell beiseite. Er war es schließlich gewesen, dem es gelungen war, eine total kranke und wohl die verrückteste aller Geschichten der vergangenen Jahre und Jahrzehnte zu veröffentlichen. Dank Mc Lorey. Dank des Internets. Unaufhaltsam würde sich die Nachricht verbreiten, dass es ihm gelungen war, diese Story zu recherchieren. Exklusiv.

Keiner seiner Kollegen würde ihm fortan mehr das Wasser reichen können.

Er saß auf der Couch in seinem kleinen, aber schicken, modern eingerichteten Wohnzimmer, als Klaus Mengler über all diese Dinge nachdachte. Zufrieden und glücklich nippte er an einem kühlen Glas Weißwein. Seinen Rechner schaltete er nun aus und auch sein Handy stellte er auf stumm. Die vielen Anrufe seines Vorgesetzten ignorierte er. Sollte der sich doch selbst ein Bild von dem Film machen. So oder so würde er keine Chance mehr bekommen, ihm die exklusive Story zu klauen, wie er es in der Vergangenheit oftmals getan hatte.

36

Mit hoher Geschwindigkeit näherte sich Viskeletti dem Haus von Mc Lorey in Fréjus. Wenige Minuten zuvor hatte er Merige gezwungen, ihm die Adresse des Anwesens zu nennen.

Kommissar Leclerc saß blutüberströmt auf der hinteren Sitzbank des Autos und wand sich vor Schmerzen. Viskeletti hatte Merige gefragt, wo sich Mc Loreys Anwesen befinde, und diese hatte sich unter lauter Beschimpfungen geweigert, ihm Auskunft zu geben.

»Du miese Schlampe! Ich werde dich schon dazu bringen, mir zu sagen, was ich will.«

Er griff nach ihrer Hand und betrachtete ihre Finger.

»Du hast schöne Hände!«

Der Ungar zückte ein kleines Taschenmesser und presste es mit der Spitze gegen ihren Daumen. Dann drehte er sich mit Schwung um, griff nach Mellendorfs Hand und hieb ihm einen tiefen, langen Schnitt in den linken Daumen. Während Mellendorf vor Schmerzen aufschrie, griff der Ungar erneut nach Meriges Hand.

»So! Willst du das Gleiche erleben?«

Sie schüttelte den Kopf. Tränen rannen ihr über das Gesicht und ihr wurde übel, als sie Mellendorf sah.

»Er braucht einen Verband«, sagte sie leise.

Viskeletti lachte. »Da hast du recht! Und den werden wir finden – in Mc Loreys Haus!«

Ohne weiteres Zögern gab Merige ihm die Adresse und das Auto brauste mit Höchstgeschwindigkeit in Richtung Fréjus.

Noch immer hatten die Polizisten Viskeletti nicht entdeckt. Geduckt näherte sich der Ungar und blieb trotz seiner mächtigen Erscheinung für die Beamten unsichtbar. Seine Muskeln hielten ihn tief über dem Boden, sodass die Polizisten nicht einmal auf den Gedanken kamen, er könnte urplötzlich aus dem Nichts erscheinen.

Die Augen der Männer trafen sich: Ferenc Viskeletti, vor wenigen Wochen noch ein einsamer Callboy aus Budapest, und Michael Mc Lorey, einer der erfolgreichsten Regisseure, die die Talentschmiede Hollywood jemals hervorgebracht hatte. Der arme Bodybuilder auf der einen, der hagere Milliardär auf der anderen Seite.

Viskeletti war seine Unnachgiebigkeit anzusehen. Mc Lorey dagegen schaute überrascht, vertraute aber auf die Beamten und musste grinsen – trotz der Schmerzen, die ihm seine angeschossene Hand bereitete.

In Bruchteilen von Sekunden zogen die vergangenen Tage an ihm vorbei. Viskeletti war nichts anderes als ein Spielball für ihn gewesen: zwischenzeitlich ein nicht ganz ungefährlicher. Doch im Endeffekt tanzte er doch immer nach seiner Pfeife. Er gab den Takt an, der Ungar tanzte danach. Bis zum eiskalten Mord hatte er ihn getrieben.

Schon darin sah Mc Lorey eine seiner großen Leistungen. Menschen waren für ihn nur Figuren auf einer großen Bühne und er hielt in seinem Streben nach

Unsterblichkeit die Fäden in der Hand. Viskeletti, dieses kleine krabbelnde Etwas, war doch letztlich nicht in der Lage, selbstständig zu handeln. Doch er war sich sicher: Wenigstens dieses eine Mal würde er eine Aufgabe allein und ohne Patzer hinkriegen und ihm einen letzten Dienst erweisen.

Mc Lorey bemerkte den Revolver in der Hand des Ungarn. Seine Augen blieben auch auf den Lauf gerichtet, als sich dieser langsam hob.

Sollte er schreien? Nein. Der Regisseur sah die Entschlossenheit des Ungarn und darin seine Chance.

Ein Schuss löste sich krachend und traf den Regisseur, der sofort zu Boden sank. Die Kugel traf seinen Oberschenkel und zerschmetterte ihm das Bein. Tief im Knochen blieb sie stecken. Rasende, unerträgliche Schmerzen überfielen Mc Lorey und ihm wurde schwarz vor Augen. Er konnte sich nicht mehr mit den Händen abfangen, kippte nach vorne über und klatschte mit der Stirn auf den Asphalt. Aus der Platzwunde schoss Blut, aber Mc Lorey war noch bei Bewusstsein. Was war nur geschehen? Er hob sein Gesicht und gewahrte Viskelettis Mienenspiel.

Der Ungar war stolz. Er hatte ihn erwischt, konnte Rache nehmen für alles, was ihm der Amerikaner angetan hatte. Nur kurz war es ihm vergönnt gewesen, in die High Society aufzusteigen, hatte er ein Leben gehabt, das er sich immer erträumt hatte. Aber aus dem Traum von einem verschwenderischen, reichen Leben mit Alkohol- und Sexexzessen, mit traumhaften Autos und Schiffen, Privatjets und Hubschraubern, Strand, Sonne und Meer war ein Albtraum aus Hass, Blut und Vergeltung geworden. Das war die neue Welt Viskelettis und überraschenderweise machte diese ihn gleichermaßen zufrieden.

Noch einmal ließ der Ungar alles Revue passieren. Sie würden ihn einsperren für das, was er getan hatte. Nein. Sie würden ihn töten. Dafür, dass er sechs Polizisten ermordet hatte. Dafür, dass er am Hafen von Cannes das Mädchen abgeschlachtet hatte. Dafür, dass er wegen eines Autos den nächsten Mord begangen hatte. Dafür, dass er mehrere Menschen, darunter einen Kommissar, über viele Stunden als Geiseln genommen hatte. Und dafür, dass er gezielt einen der bekanntesten Regisseure der Welt angeschossen hatte. Und das gab ihm Genugtuung, worüber er vergessen konnte, dass sie ihn nun auch töten würden. Er würde es sogar darauf anlegen, getroffen zu werden.

Viskeletti richtete erneut die Waffe auf Mc Lorey, der sich mit der rechten Hand abstützte und versuchte, sich nochmals aufzurichten. Er hatte das erreicht, was er wollte, war ein Märtyrer, ein Held in der Branche des Unterhaltungsfilms, ein Realist unter all den Lügnern der Vorzeigewelt Hollywoods.

Mc Lorey zauberte ein letztes Lächeln hervor.

»Du Narr! Jetzt bin ich unsterblich!«

Dann brach der Regisseur vollends zusammen. Die Kugel in seinem Bein verursachte höllische Schmerzen und er war sich sicher: Sein Ende war nahe.

Den lauten Knall realisierte Mc Lorey nicht mehr. Viskelettis Blick glitt an sich herunter. Er griff sich an die Brust und spürte das fünf Zentimeter große Loch. Noch während er zusammensackte, hallte der nächste Schuss durch die Luft. Und der nächste. Und ein dritter.

Bevor Viskeletti aus dem Mercedes gestiegen war, um seinen Siegeszug gegen Mc Lorey vorzubereiten, wollte er die beiden Dienstwaffen der Stunden zuvor getöteten Beamten durchladen. Dabei verklemmte sich die eine. Dem Ungarn war es egal, war er doch felsenfest davon überzeugt, den Regisseur auch nur mit einer Waffe umbringen zu können. Genervt legte er die zweite Pistole in die Mittelkonsole des Autos und schwang sich aus dem Wagen.

Während der Ungar sich dem Regisseur näherte, erkannte Frank Mellendorf seine Chance. Mit geschickten Bewegungen vermochte er es, sich von dem schmerzenden Seil an seinem Arm zu befreien und nach und nach die Fesseln zu lösen, die ihn mit Maritt verbanden. Sie strahlte ihren Chef an, als diesem die Befreiung glückte, und auch er musste lachen, obwohl der tiefe Schnitt in seinem Daumen schmerzte.

Für wenige Hundertstelsekunden waren sie vereint. Maritt und er. Vereint in ihrem Glück, das sie bisher nicht als solches wahrgenommen hatten. Mellendorf fielen wieder die bezaubernden Stunden ein, die er mit ihr in Rotterdam verbracht hatte. Er drückte ihr einen Kuss auf die Lippen. Tief blickte der Deutsche seiner Sekretärin in die Augen. Dann nahm er die vorn im Fahrzeug liegende Pistole. Und als ob er noch nie etwas anderes getan hätte in seinem Leben, lud er die Waffe durch – problemlos. Maritt Pescort wollte ihn noch zurückhalten, doch sie sah, ihr Chef würde sich von seinem Vorhaben nicht im Geringsten abbringen lassen.

»Bring es zu Ende«, flüsterte sie ihm zu.

Mellendorf nickte. Sein Gesichtsausdruck wurde kalt. Fest umschloss er mit seinen Händen die Waffe und kletterte leise auf den Vordersitz und durch die Fahrertür, die Viskeletti offengelassen hatte. Jede Bewegung fiel Mellendorf schwer, doch er hatte nur noch ein Ziel: Viskeletti musste für all das büßen, was er Maritt, ihm und Kommissar Leclerc angetan hatte. Selbst für Merige, die ihn enttäuscht und verraten hatte, empfand er Mitleid. Keiner von ihnen würde sterben müssen, gelänge es ihm, den Ungarn unschädlich zu machen.

Er wusste, dass er Viskeletti nicht nur verletzen, sondern töten musste, um ein für alle Mal Ruhe zu finden. Andernfalls wäre er vor dessen Rache sein Leben lang nicht sicher. Mellendorfs Herz pochte und sein Hirn drohte zu bersten. Nein, er durfte Viskeletti keine Chance lassen, musste dem Ganzen ein Ende machen und war bereit, dafür sein eigenes Leben zu lassen.

»Stirb«, zischte er.

Dann hob er die Pistole und feuerte.

Als der Deutsche das halbe Magazin abgefeuert hatte, lag Viskeletti regungslos vor ihm. Nur wenige Meter weiter lag Mc Lorey am Boden.

Die Polizisten, deren Aufmerksamkeit bis eben noch der Blitzaktion Viskelettis gegolten hatte, richteten längst ihre Dienstwaffen schussbereit auf Mellendorf. Er ließ seine Waffe fallen: Viskeletti war tot.

Mellendorf setzte sich auf den Asphalt. Er wollte nur noch Ruhe. Es war die Hand Maritts, die ihn als Erstes erreichte. Auf seiner Schulter spürte Mellendorf die Wärme, die er so lange vermisst hatte.

37

»Diesem Wahnsinn ein Ende bereiten!«, das war Leclercs Ziel, als rund um Mc Loreys Haus Ruhe eingekehrt war und er in seine eigene Wohnung zurückkehren konnte. Seine Frau nahm ihn in den Arm und es kullerten Tränen über ihre Wangen.

»Du hast alles richtig gemacht«, sagte sie leise.

Leclerc schüttelte nur den Kopf.

»Nein, ich habe viel falsch gemacht. Sehr viel. Ich muss diesen Wahnsinn stoppen!«

»Wie bitte?«

»Ich muss aufhalten, dass sich das, was er in die Welt gesetzt hat, weiter verbreitet!«

Nellie schaute ihn an, als würde sie an seinem Verstand zweifeln.

»Ich dachte, alles ist zu Ende?«

»Viskeletti ist tot, ja. Aber ansonsten ist nichts zu Ende. Mc Lorey wollte sich ein Denkmal setzen. Er war es, der die gesamte Story in einen Film gepackt hat. Er ist der Drahtzieher, Viskeletti nur sein verlängerter Arm. Ein brutaler Mensch, der sich für eine unglaubliche Geschichte hat missbrauchen lassen.«

»Wie bitte? Es gibt einen Film?«

»Mit allen Details!«

»Und wer hat diesen Film?«

»Wir haben ihn sichergestellt. Aber Mc Lorey konnte ihn vor seiner Festnahme noch verbreiten. Er hat ihn übers Internet versendet. Allerdings scheint es so, als habe er nur eine einzige Adresse erreicht: die Deutsche Presse-Agentur dpa. Von da aus ging die Meldung bereits über den Ticker. Alle Welt berichtet davon, dass der dpa das Filmmaterial exklusiv zugespielt wurde. Was mich am meisten schockiert, ist, dass eine seriöse Agentur so schamlos handelt und einem wahnsinnigen Regisseur eine solche Plattform bietet.«

»Was hast du nun vor?«

»Wir werden versuchen, die Nachricht als Falschmeldung zu deklarieren. Als den Wahnwitz eines Stalkers, eines Irren, der Mc Loreys Namen in den Dreck ziehen wollte.«

»Ja, aber er lebt. Und es war sein Ziel, der ganzen Welt von diesem Film zu erzählen. Du kannst ihn doch nicht …«

»… doch, das kann ich. Wir werden dafür sorgen, dass er nie wieder mit einem anderen Menschen auf dieser Welt kommunizieren kann. Und wir werden auch diesem schamlosen Journalisten das Handwerk legen. Wir brauchen nur noch das Okay seiner Bosse. Dann wird es für ihn keine Zukunft mehr geben. Das sind wir den Opfern schuldig.«

In seiner Hosentasche vibrierte sein Handy.

»Ja, bitte?«

Das Gespräch dauerte nur Sekunden. Seine Frau blickte ihm wieder in die Augen. Leclerc nickte nur kurz.

Nellie bemerkte, dass ihr Mann angesichts seiner eigenen Kälte geschockt war. Doch er sah auch zufrieden aus. Das Ende des Wahnsinns schien in Sicht: Er hatte sein Okay bekommen.

Leclerc griff erneut zu seinem Telefon.

»Wir haben die Freigabe durch die dpa. Stoppt diesen Irrsinn«, sagte Leclerc.

Klaus Mengler spürte einen kurzen stechenden Schmerz in seinem Nacken. Es dauerte nur wenige Sekunden, dann kippte er vorne über. Er riss den kleinen Tisch mit sich und fiel mit dem Gesicht auf sein Ledersofa. Schließlich sackte er vollends zusammen.

Von dem Sondereinsatzkommando, das über die Terrassentür lautlos in seine Wohnung eingedrungen war, hatte der junge Journalist keinerlei Notiz genommen. Mengler hatte ihnen gar noch den Gefallen getan und war im richtigen Moment aufgestanden. Aus dem kleinen Blasrohr traf ihn der Pfeil exakt im Genick. Der dpa-Redakteur hatte keinerlei Chance gehabt.

Nun lag er gefesselt und geknebelt in einem stockdunklen Kofferraum. Er hatte null Orientierung, als er aus seinem Tiefschlaf erwachte. Hatte er viele Stunden geschlafen oder waren es nur Minuten? Was war passiert? Blass konnte er sich daran erinnern, dass er erst einen Schmerz gespürt hatte und dann plötzlich diese Männer neben ihm standen.

Sein ganzer Körper schmerzte. Durch den Bausch in seinem Mund konnte er nicht den leisesten Ton von sich geben. Mengler hörte den Motor des Autos brummen. Dann schlief er erneut ein.

Laurent Leclerc erhielt die Nachricht nur wenige Sekunden nach dem Zugriff auf Mengler. Damit war auch der zweite Schritt gelungen, denn Mc Lorey stand trotz seiner schweren Verletzungen längst unter Arrest.

Der Kommissar griff zur Zigarette. Dieses Mal rauchte er sie mit großer Freude und empfand eine wohltuende Ruhe, als sich der Rauch der Gauloise in seinen Lungenflügeln ausbreitete. Er wartete an seinem Rechner auf die von den EDV-Spezialisten der südfranzösischen Polizei lancierten ersten Dementis. Und es dauerte keine weitere Stunde, ehe der Alert-Dienst, den Leclerc hatte installieren lassen, die ersten Meldungen aufschnappte und ihm an seine E-Mail-Adresse sendete.

Zunächst wurden die Nachrichten vorsichtig formuliert. Es war offensichtlich, dass die Journalisten noch nicht wussten, was und wem sie nun glauben sollten. Doch als selbst die dpa, die die Top-News verbreitet hatte, diese dementierte und Michael Mc Lorey von der Tat freisprach, gab es kein Halten mehr.

Überall ertönte ein Loblied auf den Hollywood-Profi. Seine großen Erfolge wurden ausgegraben und seine gescheiterten letzten Filme plötzlich als Kunstwerke verehrt. Mc Lorey war rehabilitiert. Das war das Einzige, was Leclerc an allem störte. Doch er wusste: Mc Lorey selbst würde diesen Triumph nicht genießen können. Sein wahnwitziges Werk war gestoppt. Er würde weggesperrt werden und nur noch auf eines warten: seinen Tod.

Die Meldung seines Todes verbreitete sich wie ein Lauffeuer. Nur einen Tag nach dem Stopp der Dementis wurde Mc Lorey offiziell für verunglückt erklärt. Sein Auto sei nahe der Autoroute zwischen Monaco und Cannes aufgefunden worden. Der Regisseur hätte keine Chance gehabt, sei allein im Fahrzeug gewesen. Seine Bestattung habe bereits stattgefunden. Diese sei, wie er es in seinem Testament verfügt habe, auf offener See vollzogen worden – in unmittelbarer Nähe seiner französischen Wahlheimat.

Merige saß schweigend hinter ihrem großen Kaffee und konnte nicht glauben, was sie las. Bis zuletzt hatte sie den Amerikaner innig geliebt. Sie konnte sich nicht damit abfinden, dass er sie benutzt hatte, damit ein Film real wirkte, und dass er tatsächlich einen Mord in Auftrag gegeben hatte. Vor allem ging ihr nicht in den Kopf, dass er bereit gewesen war, für den Traum seiner Unsterblichkeit auch selbst in den Tod zu gehen, weil sie ihn als jemanden kannte, der sich ausgesprochen wohlfühlte, wenn er die High Society um sich scharen und seinen Reichtum zur Schau stellen konnte.

Dem smarten, aber längst nicht so charismatischen Mellendorf trauerte sie nicht sonderlich nach. All ihre Gedanken galten nur noch Mc Lorey und ihren Eltern, die sie in Gefahr gebracht hatte.

»Tut man das seinen Eltern an?«, fragte sie sich.

Ihr schauderte vor sich selbst.

Doch überraschend schnell hatte sie sich der Albträume entledigt, die die Taten Viskelettis hervorgerufen hatten. Nein, der war es nicht wert, wegen dem musste man sich nicht weiter stressen lassen.

»Mc Lorey ... tot?«, dachte sie laut, als sie zum wiederholten Male die Meldung las. »Was hatte er ausgerechnet auf dieser Straße verloren?«

In ihrer Tasche klingelte das Handy. Doch sie hörte es nicht. Es vergingen rund sechzig Minuten, bis erneut die kleine Chanson-Melodie erklang.

Als sie auf ihr Handy blickte, war sie sprachlos: In deutlichen, großen Buchstaben war darauf ein Name zu lesen – »Mc Lorey«.

Als sie abnahm, hörte sie nur ein Wort: »Stirb!«

Die Kugel, die durch die Scheibe raste, traf sie direkt an der Schläfe. Es dauerte keine Sekunde und Merige war tot.

»Perfektes Timing«, sagte Mc Lorey und lachte. Dann legte er auf. Seine Auftragskiller hatten ihren Job bestens erledigt.

38

Frank Mellendorf und Maritt Pescort saßen im TGV, der sie nach Paris und von dort dann weiter nach Holland bringen sollte. Beide schwiegen. Mellendorf hätte gerne etwas gesagt, doch irgendwie auch wieder nicht. Im Minutentakt wanderten seine Gedanken zurück zu den Geschehnissen der vergangenen Tage, obwohl er sich davor scheute, das Erlebte nochmals zu rekapitulieren. Sein Daumen schmerzte noch unter dem dicken Verband. Hatten die Sanitäter ihm diesen verpasst? Mellendorf konnte sich nicht erinnern.

Der Großindustrielle hätte die vergangenen Tage am liebsten aus seinem Leben gestrichen. Er hatte sein Ansehen verloren, war zum Spielball eines durchgeknallten amerikanischen Filmemachers geworden, hatte diesen auch noch für seinen besten Freund gehalten. Über lange Zeit standen sie täglich in Kontakt und doch hatte er nicht gemerkt, dass dies alles nur der Vorbereitung eines scheußlichen Verbrechens diente.

Während der Zug langsam in den Pariser Bahnhof einfuhr, spürte Mellendorf die Hand seiner Sekretärin auf der seinen. Er schaute auf und sah Maritt tief in die Augen.

»Es tut mir so leid«, sagte er leise.

Sie schüttelte den Kopf und gab ihm einen zärtlichen Kuss auf die Lippen. Es war der erste schöne Moment seit vielen Stunden. Er zog ihren Kopf langsam zu sich heran und küsste sie innig. Ihre Zungen trafen sich und beide wurden von einer wilden Leidenschaft erfasst. Als sich Mellendorf von Maritt löste, blieb ihm trotz ihres augenscheinlichen Glücks die Träne, die über ihre Wange lief, nicht verborgen.

Während der Zug bremste, spürte Mellendorf das Vibrieren in seinem Jackett. Eine SMS hatte ihn erreicht.

»So leicht werdet ihr mich nicht los. Ich bin zu intelligent und zu mächtig, als dass ihr den Sieg davontragen werdet!«

Der Absender der SMS war Michael Mc Lorey.

Als Maritt Pescort und Frank Mellendorf voller Erschrecken diese Zeilen lasen, war Laurent Leclerc längst tot. Und auch seine Frau hatte sich vor den Häschern Mc Loreys nicht in Sicherheit bringen können. Eiskalt hatten sie das Paar in ihrer Wohnung erhängt. Die Befreiung des Regisseurs hatte zudem noch vier Beamten des Sicherheitskommandos das Leben gekostet. Doch der Amerikaner war frei.

Mellendorf betrachtete Maritt, die wie versteinert dasaß, nachdem sie die Zeilen ebenfalls gelesen hatte.

»Es wird erst vorbei sein, wenn er tot ist oder wir. Wir können ihm nicht entfliehen«, sagte sie.

Mellendorf nickte. Dann nahm er bestimmt ihre Hand und griff wieder nach seinem Telefon. Sie wusste nicht, welche Nummer er wählte.

»Wenn wir jemals wieder aufatmen wollen, dann muss er sterben«, dachte sich der Unternehmer.

»Frank, wir müssen die Polizei informieren, dass er sich bei uns gemeldet hat. Wie konnte das nur passieren? Wie konnte er sich befreien?«

Mellendorf zog die Schultern nach oben.

»Ich weiß es nicht!«

Mehr kam nicht über seine Lippen.

Sein Handy meldete sich. Es war der ersehnte Rückruf.

»Alles klar?«, fragte Maritt, als Mellendorf das Gespräch nach einiger Zeit beendet hatte.

»Ich denke, ja!«

Sie sah das Funkeln in seinen Augen und erschrak.

»Frank! Was hast du vor?«

»Wir müssen alles selbst in die Hand nehmen. Mc Lorey hat die Polizei überwunden, obwohl alle Sicherheitsvorkehrungen getroffen worden waren. Er hat einen Menschen nach dem anderen töten lassen. Wenn ich nur an Leclerc und an seine Frau denke, bricht es mir das Herz. Nein, die Polizei kann uns nicht mehr helfen. Wir haben nur dann eine Chance, uns seiner zu entledigen, wenn wir ihn selbst zur Strecke bringen.«

Maritt war entsetzt.

»Du willst ihn töten?«

»Ich habe auch Viskeletti erschossen!«

»Und hast deshalb ein Verfahren am Hals, von dem du noch nicht weißt, ob du so einfach herauskommst! Du kannst Mc Lorey doch nicht einfach selbst töten!«

Mellendorf überlegte kurz. Er verstand ihre Panik, verstand ihr Bestreben, endlich diesem Wahnsinn zu entfliehen und all die Verbrechen hinter sich zu lassen. Und er verstand auch, dass sie davor zurückschreckte, am Tod des Regisseurs beteiligt zu sein. Schließlich

fehlte auch ihm jeglicher Wille zu einer solchen Tat.
Doch in seinem tiefsten Inneren wusste sich Mellendorf keinen anderen Rat mehr.

Maritt schaute ihn lange an.

Dann fragte sie: »Mit wem hast du telefoniert?«

Mellendorf schwieg.

»Frank, bitte! Oder setzt du überhaupt kein Vertrauen in mich? Ich will wissen, was du vorhast? Wer war das eben?«

»Das war meine Privatbank.«

Erstaunt blickte sie ihn an.

»Und?«

»Ich habe eine Million auf mein Girokonto überweisen lassen. Das wird reichen, um Mc Lorey umbringen zu lassen.«

»Und wie willst du das anstellen?«

Mellendorf nahm sie am Arm und winkte ein Taxi herbei.

»Wir fahren jetzt in unsere Firma nach Rotterdam. Dort werde ich dann alles veranlassen. Mc Lorey sollte auch mich nicht unterschätzen. Aber für mich ist es sogar besser, wenn er das tut.«

Wieder meldete sich sein Handy. Es war die französische Polizei.

»Herr Mellendorf! Mc Lorey ist frei und Laurent Leclerc und seine Frau sind tot.«

»Ich weiß«, entgegnete Mellendorf.

Die Stimme des Polizisten stockte.

»Woher wissen Sie das?«

»Mc Lorey hat sich eben bei mir gemeldet. Er will mich umbringen! Und er wird nicht eher ruhen, bis auch ich tot bin.«

»Wo sind Sie?«

Der Polizist, seiner Stimme nach war er um die fünfzig, schien erfahren zu sein.

»Am Pariser Hauptbahnhof.«

»Bleiben Sie, wo Sie sind. Ich schicke Kollegen zu Ihrem Schutz.«

»Nein, das werde ich nicht tun! Ich habe genug vom französischen Polizeiapparat. Ich nehme jetzt meine Frau an der Hand, steige in das nächste Taxi und kehre nach Rotterdam zurück. Wenn Sie mich suchen, dann finden Sie mich von morgens um 7.30 Uhr bis abends 19.00 Uhr an meinem Schreibtisch!«

Der Polizist war nicht auf den Mund gefallen.

»Und genau dort werden Sie auch Mc Loreys Schergen finden!«

»Sie wollen mich einschüchtern. Das wird Ihnen nicht gelingen. Verstehen Sie: Wir haben die Schnauze voll, wir sind am Ende. Können Sie das nicht verstehen?«

Für einen Moment herrschte auf beiden Seiten Stille.

»Sie sind ein freier Mensch, Herr Mellendorf. Tun Sie, was Sie wollen. Aber halten Sie sich zu unserer Verfügung.«

Der Polizist legte auf.

Maritt Pescort strahlte Mellendorf an.

»Was ist? Warum lachst du?«, fragte er.

»Du hast mich als deine Frau bezeichnet! Frank, ich liebe dich.«

Mellendorf küsste sie zart.

»Willst du meine Frau werden?«

Michael Mc Lorey schaute sich in seinem Hotelzimmer um.

»Nicht schlecht«, sagte der Amerikaner.

Er hatte in einem kleinen Nest nahe Mailand, in Pentolicio, in einem noblen Etablissement eingecheckt. Seine beiden langjährigen Beschützer waren bei ihm. Er vertraute ihnen ebenso, wie er einst Viskeletti vertraut hatte.

Sein Wille zu sterben war jäh unterbrochen worden, als er festgestellt hatte, dass es Leclerc tatsächlich gelungen war, seinen Film zu stoppen. Dabei hatte der französische Kommissar sogar die Dreistigkeit gehabt, ihn öffentlich zu rehabilitieren. Dafür hatte er sterben müssen, ebenso seine Frau.

Nun fühlte sich Mc Lorey besser. Jedoch war sein Film, den er eigentlich in alle Herren Länder hatte verschicken wollen, noch immer nicht auf dem Markt. Das galt es schnellstens zu ändern. Außerdem musste er Mellendorf loswerden. Kurz und knapp fielen seine Anweisungen aus.

»Er wird nach Rotterdam zurückfahren. Folgt ihm und bringt ihn um. Ihn und diese junge Schlampe!«

Er besprach noch einige Einzelheiten der Aktion. Dann nickten die Auftragskiller und nahmen das Kuvert an sich.

Mc Lorey wies mit dem Kopf zur Tür und lachte höhnisch.

»Eigentlich sollte ich ihnen einen Kameramann hinterherschicken. Ich glaube ernsthaft: Ich bin noch zu jung zum Sterben.«

Sein Bein schmerzte heftig. Die schweren Verletzungen, die ihm die Polizisten und Viskeletti zugefügt hatten, taten höllisch weh. Er hatte den Ärzten kaum mehr

Zeit gelassen, als nur die Kugel aus seinem Bein zu entfernen. Schon wenig später wurde er befreit.

»Ich werde noch genügend Zeit haben, um die Wunden ausheilen zu sehen«, dachte er laut. »Sterben? Das verschiebe ich noch ein wenig. Jetzt müssen zuerst andere dran glauben.«

Er fühlte den Speicherstick in seiner Tasche. Seinen Film hatten sie ihm nicht nehmen können, auch wenn die Polizisten der festen Meinung waren, er sei »clean«.

»Für eure Dummheit müsst ihr alle bezahlen«, hatte er getönt, als die vier Polizisten und anschließend auch Leclerc und seine Frau starben.

Mc Lorey spähte aus dem Hotelfenster und sah zu, wie sich das Auto seiner Helfershelfer langsam auf den Weg machte.

»Zieh dich warm an, Mellendorf.«

Frank Mellendorf und Maritt Pescort erwachten nebeneinander im Schlafzimmer seines Hauses in Rotterdam. Es war die erste Nacht, die sie gemeinsam verbracht hatten. Mellendorf öffnete die Augen und betrachtete Maritt. Stundenlang hätte er ihr beim Schlafen zuschauen können. Sie lag neben ihm wie ein Engel. Die blonden Haare, von der wilden Nacht etwas zerzaust, umspielten ihren Kopf. Die Decke hatte sie bis zum Kinn hochgezogen.

»Wie schön du bist. Ich hätte mir gewünscht, dass es zwischen uns auf eine andere Art begonnen hätte!«, dachte Mellendorf.

Unter ihren Lidern bewegten sich die Augäpfel lebhaft. Mellendorf merkte, dass sie träumte. Auch ihr Atem wurde schneller, dann ebbte die Nervosität wieder ab.

»Oh, mein Kind«, sagte er leise, senkte seinen Kopf und griff nach ihrer Hand.

Sie spürte seine Berührung und drehte ihren Körper zu ihm. Er nahm sie fest in den Arm. Beide schliefen wieder ein und bemerkten nicht, wie sich an der Haustür zwei Männer zu schaffen machten.

Skrupellos – ein Attribut, auf das die Auftragskiller, die Mc Lorey beauftragt hatte, stolz waren. Sie kannten keine Grenzen. Das, was ihnen ihr Geldgeber befahl, führten sie aus. Was sie an diesem Tag allerdings nervte, war der weite Wege von Mailand bis nach Holland.

»Warum hat uns dieser Depp nicht nach Rotterdam fliegen lassen?«

Rund zehn Stunden Autofahrt hatten sie hinter sich. Nach dem geplanten Doppelmord sollten sie sofort ein Flugzeug in ihre weißrussische Heimat nehmen. Das war ganz in ihrem Sinne, denn stets war es auch ihr Bestreben, unmittelbar nach einer Gräueltat das Land wieder zu verlassen. Nur so war ihre Sicherheit vor den jeweiligen Behörden gewährleistet. Allerdings wäre ihr letztes Vorhaben beinahe schiefgegangen.

»Nie wieder«, hatten sie sich geschworen, als sie Hals über Kopf mit einem Schnellboot die türkische Küste verlassen hatten, die örtliche Polizei direkt im Nacken.

Sie hatten an der Riviera einen jungen Türken umbringen sollen. Als sie allerdings die Tat begehen wollten, erwies sich dieser als ausgebildeter Leibwächter mit einem schier unglaublichen Können an Techniken der Selbstverteidigung. Hätten sie davon vorher gewusst, so wären sie ihm nicht zu nahe gekommen, sondern hätten ihn mit einem gezielten Schuss aus der

Ferne getötet. Doch dann war es zu spät gewesen und sie gerieten in einen Kampf. Nur dank dem glücklichen Umstand, dass sie zu zweit waren, entgingen sie ihrem Tod. Mit mehr Glück als Verstand schafften sie es schließlich, die türkischen Behörden auf dem Seeweg hinter sich zu lassen.

»Was willst du sonst tun?«, fragten sie sich und gaben Mc Lorey den Zuschlag, als ihr Geld knapp wurde.

39

Als Maritt erwachte, zuckte sie kurz zusammen. Ganz nah war Mellendorf an sie herangerückt. Die Erinnerungen an die schöne Nacht, die sie miteinander verbracht hatten, lebten wieder auf und sie gab sich ganz seiner Umarmung hin.

Plötzlich hörte sie an der Tür ein Geräusch.

»Frank! Frank!«

»Mmh?«

»Ich habe ein Knacken gehört. Da ist jemand an der Tür!«

»Ach Schatz, das hast du dir nur eingebildet.«

»Nein, ganz gewiss nicht!«

Dann hörte auch Mellendorf etwas. Er griff in seinen Nachttisch, nahm die Pistole und schlich leise aus dem Schlafzimmer. Seine verbundene Hand schmerzte.

»Hol Hilfe!«, sagte er zu Maritt, die sofort nach ihrem Handy griff.

Mellendorf spähte durch das Küchenfenster hinaus in den Vorgarten und sah die Rücken zweier Männer.

Hätte er doch besser auf die französische Polizei gehört und lieber deren Angebot annehmen sollen, ihn zu schützen? Nun war es zu spät für solche Überlegungen. Was ihn allerdings wunderte, war die Tatsache, dass die Männer nicht versuchten, ins Haus zu gelangen.

Maritt stand inzwischen im Bademantel neben ihm.

Sie flüsterte ihm ins Ohr: »Gibt es hier noch einen anderen Ausgang, aus dem wir, ohne dass wir auffallen, hinausgelangen können?«

Mellendorf schaute sie an: »Du willst fliehen? Wir werden nicht den Rest unseres Lebens vor ihm weglaufen können!«

Sie begann zu weinen: »Was willst du sonst tun? Sterben?«

»So weit wird es nicht kommen – nein. Maritt, er wird uns nicht kleinkriegen. Wir werden nicht sterben.«

Ihre Blicke waren auf die Männer geheftet, von denen sie den einen nur schemenhaft erkennen konnten.

Selten zuvor hatten die Auftragskiller einen so skurrilen Geldgeber erlebt wie Michael Mc Lorey, hatte er trotz seiner schweren Schussverletzung doch darauf bestanden, ebenfalls nach Rotterdam zu kommen.

»Ich muss dabei sein, wenn er stirbt. Diesen Moment des Triumphes lasse ich mir nicht nehmen«, hatte er gesagt.

Was ihnen noch ein Rätsel war: Wie wollte er schnell den Tatort verlassen, nachdem sie Mellendorf und seine Sekretärin erschossen hatten?

»Das lasst meine Sorge sein. Sollte ich nicht davonkommen, dann werde ich an diesem Tag sterben und liefere euch damit das beste Alibi, das ihr haben könnt. Wenn ich dort erschossen werde, wird niemand mehr nach einem anderen Täter fahnden. Ihr seid aus allem raus und reich.«

Mc Lorey öffnete das Kuvert und die beiden Russen betrachteten sprachlos das dicke Bündel Geldscheine. Es musste eine weit höhere als die versprochene Summe sein.

»Wenn alles gut über die Bühne gegangen ist, dann gehören diese 300000 Euro euch!«, sagte Mc Lorey.

Mellendorf starrte gebannt auf das, was vor seiner Haustür vor sich ging. Maritt zitterten die Knie.

»Ich will hier weg, Frank! Jetzt!«

Er hörte ihre Worte, reagierte aber nicht.

»Frank!«, schrie sie ihm ins Ohr.

»Schscht! Leise!«, antwortete er kurz und schroff.

»Wir werden hier nicht weggehen, Maritt. Wir werden hier nicht weggehen!«

»Frank, ich liebe dich! Und ich möchte noch eine Weile mit dir verbringen. Ich will jetzt noch nicht sterben – nicht hier, nicht in dieser Stunde.«

»Herr Mellendorf, Frau Pescort!«

Beide erschraken, als hätten sie dem Tod direkt ins Auge geblickt. Eine Stimme, wenige Meter hinter ihnen, hatte unvermittelt ihre Namen genannt.

Mellendorf drehte sich langsam um. Die Erinnerungen an sein Hotelzimmer, an die Leiche auf seinem Bett, an den Beginn einer schier unglaublichen Leidensstory schossen ihm durch den Kopf. An seinen Schläfen machte sich ein starkes Pochen bemerkbar.

»Wir werden sterben, Frank! Wir werden sterben!«, tönte es noch in seinen Ohren.

Er wehrte sich dagegen, konnte aber nicht verhindern, dass ihn Todesängste überkamen. Mit dem Bewusstsein, dass nun das Ende gekommen sei und Maritt doch recht haben würde, ließ er seinen Blick über den Boden gleiten. Er gewahrte die schwarzen Schuhe, dann wanderten seine Blicke hinauf, bis er dem Mann in die Augen schaute.

Mit Schaudern und voller Nervosität stand Maritt Pescort neben ihm. Tränen rannen ihr über die Wangen und sie hatte wieder das altbekannte Gefühl, sie müsse sich sofort übergeben. Sie fühlte sich hilflos, ausgeliefert, hatte ihre Organe nicht mehr unter Kontrolle, was sich an dem kleinen Rinnsal zwischen ihren Beinen zeigte. Maritt hatte sich bepinkelt. Aus Angst. Aus nackter Angst. Die vergangenen Tage hatten ihr den Rest gegeben. Und nun konnte sie nicht mehr. Die letzten Kräfte schienen ihren kleinen, zarten Körper zu verlassen. Der Muskel zwischen ihren Beinen gab einfach nach und der Geruch von Urin stieg auf.

»Herr Mellendorf, Frau Pescort!«, sagte die Stimme erneut. »Kommen Sie bitte mit. Sie sind in großer Gefahr!«

Mellendorf sah Maritt in die Augen. Sie schüttelte den Kopf.

»Ich gehe nirgendwo hin! Frank, ich habe Angst. Furchtbare Angst!«

Der Mann unterbrach sie, indem er ihnen seinen Ausweis unter die Nase hielt.

»Mein Name ist Charles Karett. Ich bin Kommissar bei der Polizei von Rotterdam. Ihnen geschieht nichts, wenn Sie mir jetzt folgen. Sofort.«

Der Kommissar griff zu und packte Mellendorf am Arm, der sich erschrocken von ihm losreißen wollte. Doch Karett lächelte ihn an.

»Wenn Sie mir nicht glauben, Herr Mellendorf, dann kommen Sie mit und werfen Sie einen Blick aus dem hinteren Fenster. Vielleicht überzeugt Sie das?«

Bereitwillig folgte Mellendorf dem Eindringling. Auch Maritt Pescort schloss sich ihnen an, war sie doch zu allem anderen bereit, nur nicht zum Alleinsein.

Der Kommissar führte beide in den hinteren Teil des Hauses und wies mit einer Handbewegung auf ein Fahrzeug, das nicht weit weg am Gehsteig geparkt war.

»Bitte schön! Meine Kollegen. Und auf der anderen Seite steht der nächste Einsatzwagen. Glauben Sie mir nun?«

»Ich glaube gar nichts mehr«, knurrte Maritt Pescort, die ihre Fassung wiedergefunden hatte und sich nun am meisten daran störte, dass sie sich mit Harn beschmutzt hatte.

»Bevor wir irgendwo hingehen, will ich mich umziehen, Frank! Ich gehe hier nicht im Bademantel raus und schon gleich gar nicht bepinkelt.«

Mellendorf nickte.

»Geh nach oben. Dort müssten noch ein, zwei Kleider liegen.«

»Kannst du bitte mitkommen?«

Er nickte erneut und bedeutete Karett zu warten.

»Eine Minute. Wir sind gleich zurück!«

Doch der Polizist wich ihnen nicht von der Seite.

»Ich werde Sie begleiten. Und dagegen können Sie nun protestieren oder auch nicht – das macht keinen Unterschied. Ich werde Ihnen folgen, bis wir gemeinsam auf unserem Revier sind und ich Sie und Frau Pescort in Sicherheit gebracht habe. Das erwarten nicht zuletzt meine französischen Kollegen von mir.«

Karett schnaufte und Mellendorf sah, wie in ihm Tränen aufstiegen.

»Herr Mellendorf! Laurent Leclerc war ein sehr guter Freund von mir. Er hat es verdient, dass wir das alles restlos aufklären, sodass sein Tod nicht vollkommen umsonst war.«

Mellendorf blickte ihn fragend an.

»Woher kannten Sie ihn?«

»Ich habe viele Jahre für Interpol an der französischen Mittelmeerküste ermittelt. Da lernt man auch die Kollegen vor Ort kennen, besonders dann, wenn sie vom alten Schlag sind wie Leclerc. Erst vor wenigen Wochen habe ich mit ihm in der Nähe des ›Palasthotels‹ zu Mittag gegessen. Wissen Sie, Herr Mellendorf, er war so lebenslustig, hatte noch so viele Pläne – zusammen mit seiner Frau! Und nun sind sie beide tot.«

Die Worte verfehlten nicht ihre Wirkung. Urplötzlich waren sich Mellendorf und Pescort einig: Der Polizist musste die Wahrheit sagen!

In kürzester Zeit war Maritt Pescort in ein Minikleid geschlüpft, das noch von einer der früheren Liebschaften Mellendorfs stammte. Er schnappte sie kommentarlos am Arm und lief mit ihr hinter dem Kommissar die Treppe hinunter.

»Folgen Sie mir!«, sagte er leise, als er die Tür des Hauses geöffnet hatte. Er suchte mit den Augen noch einmal die Umgebung ab, ehe sie zum Auto stürmten.

»Schnell!«, flüsterte er.

Als sie auf der Rückbank saßen und Karett sich selbst auf den Beifahrersitz geschwungen und die Tür leise herangezogen hatte, setzte sich der zivile Einsatzwagen langsam in Bewegung. Sie bogen gerade um die erste Häuserecke, als vor Mellendorfs Haus ein schwarzer Audi Q7 anhielt und sich eine Person aus dem Auto quälte. Sie schien verwundet zu sein und bewegte sich langsam. Mellendorf schaute zurück und erkannte die Gestalt. Es war Michael Mc Lorey.

Mc Loreys Schergen musterten die Umgebung. Bei jedem Geräusch offenbarte sich ihre Anspannung. Doch nichts war außergewöhnlich. Sie nickten sich kurz zu.

»Wir haben freie Bahn. Alles klar?«, sagte der eine zu Mc Lorey.

Dieser nickte.

»Wie wollt ihr ihn töten?«, fragte Mc Lorey neugierig.

Dabei bemerkte er, wie es ihn reizte, mehr darüber zu erfahren, was die zwei Killer planten, um ihm jetzt ein für alle Mal Mellendorf vom Hals zu schaffen.

»Sie werden staunen. Es wird nur kurz dauern. Eine Sekunde und er ist tot.«

Der Russe deutete auf seine Pistole, die mit einem Schallschutz versehen war.

»Wir gehen rein – bamm, bamm. Das war's. Zwei Kugeln, zwei Leichen. Niemand wird etwas bemerken. Und wenn sie in den nächsten Tagen einer findet, sind wir längst über alle Berge.«

Mc Lorey nickte befriedigt.

Er war sich sicher: »Ich habe die Richtigen beauftragt!«

Als die Russen die Tür des Hauses geöffnet hatten, warfen sie einen ersten Blick in den Flur. Leise schlichen sie hinein und ließen die Tür absichtlich geöffnet. Auch Mc Lorey bewegte sich langsam und geräuschlos. Er wollte dabei sein, wenn Mellendorf starb. Er wollte ihm in die Augen sehen, bevor er das Zeitliche segnete, wollte seinen Triumph in vollen Zügen auskosten.

Ein blechernes Geräusch veranlasste einen der Russen zu einer hektischen Bewegung. Fuchtelnd drehte er sich um, die Waffe in beiden Händen haltend. In dieser Sekunde wirkte er wie alles andere, nur nicht wie ein Profi. Die Nervosität war ihm deutlich anzumerken. War es das viele Geld, das ihn aufgeregt erscheinen ließ? Oder schwang doch Unsicherheit mit, nachdem der Auftrag in der Türkei so schiefgelaufen war?

Da fiel der erste Schuss. Krachend dröhnte er durch die Eingangshalle. Ein zweiter und dritter folgte – beide ebenso lautstark wie der erste.

»Alles klar!«, sagte der Polizist und wartete auf Karetts Antwort.

»Gut gemacht!«, tönte es aus dem Funkgerät.

Vor dem Beamten lagen die Leichen der zwei Russen und die von Michael Mc Lorey.

Er drehte den Regisseur auf den Rücken, war er doch nach dem glatten Durchschuss des Herzens nach vorne zusammengesackt. Der Polizist schaute ihn an.

Dann sagte er leise: »Du warst ein Genie! Du Arschloch!«

40

Wenige Tage später saß Frank Mellendorf wieder an seinem Schreibtisch und blätterte, ganz gegen seine sonstigen Gepflogenheiten, die Seiten der Boulevardpresse durch. Warme Hände kneteten derweil vorsichtig seinen Nacken. Mellendorf drehte sich um und sah Maritt liebevoll an. Vier Monate waren vergangenen, seit Michael Mc Lorey von den Rotterdamer Polizisten erschossen worden war.

»Du kannst von Glück sagen, dass ich so viel Vertrauen in dich habe«, sagte Maritt plötzlich und grinste.

Mellendorf schaute überrascht auf: »Bitte?«

Sie hielt ihm zwei Tickets für einen Flug auf die Malediven unter die Nase.

»Die hab' ich auf deinem Schreibtisch gefunden«, sagte sie leise und traurig.

Er zog sie auf seinen Schoß.

»Und? Was denkst du nun?«

»Keine Ahnung!«

Mellendorf öffnete die oberste Schublade seines Schreibtischs und zog ein kleines Kästchen heraus.

Tief blickte er Maritt in die Augen.

»Maritt, möchtest du mich auf die Malediven begleiten?«

»Aber klar«, entgegnete sie prompt und strahlte.

Er öffnete das Kästchen und nahm zärtlich ihre Hand.

»Willst du meine Frau werden?«, fragte er sie und steckte ihr einen Brillantring an den Finger.
Ihr schossen Tränen in die Augen.
»Ja!«

Epilog

Klaus Mengler saß in seiner Zelle wie ein Schwerverbrecher. Zwölf Monate waren inzwischen vergangen, seit er überwältigt und im Kofferraum eines Autos hergebracht worden war. Wo er sich befand, hatte man ihm bis zu diesem Tag verschwiegen. Von den anderen Gefangen hatte er bislang nur Geräusche und wenige Wörter vernommen. Kontakte nach draußen waren ihm untersagt. In seiner Zelle befanden sich weder ein Fernseher noch ein Radio und schon gar kein Computer. Zum Lesen bekam er nur alte Schmöker. Sie hatten ihn einfach ausgeschaltet, weggesperrt.

Vor wenigen Tagen hatte er einen der Wärter angesprochen, die angehalten waren, auf seine Fragen keine Antwort zu geben. Unter Tränen hatte er ihn angefleht, er möge ihm doch sagen, warum man ihn nicht einfach töte.

»Dafür gibt es doch gar keinen Grund«, hatte ihm dieser entgegnet, sein Gefühl der Überlegenheit genüsslich zur Schau tragend.

»Warum werde ich hier festgehalten?«

Der Wärter vertröstete ihn auf den nächsten Tag und hielt sein Versprechen. Ausführlich unterhielt er sich mit Mengler, der nun endlich – ein Jahr nach seiner Festnahme – darüber aufgeklärt wurde, warum er hier war.

Mengler war dem Wärter unendlich dankbar dafür, auch wenn er ihm nur in Andeutungen erzählen konnte, weshalb man den jungen Journalisten weggesperrt hatte und ihm jeden Kontakt verwehrte.

Wenig beruhigend hatte er am Schluss der Unterhaltung gesagt: »Hey, Mann, denke nicht, du bist der Einzige. Das, was du hier erlebst, gibt's hundertfach.«

Es dauerte nur wenige Tage, da sprach Mengler den Wärter erneut an.

»Ich will hier raus. Ich muss hier raus!«

»Unmöglich«, entgegnete ihm dieser.

»Hilf mir!«, flehte Mengler.

»Das kann ich nicht, das will ich nicht und das werde ich nicht tun!«

Mengler sank auf die Knie.

»Bitte! Ich habe nichts getan!«

»Das weiß ich. Aber das ändert nichts. Es wird Zeit, dass du dich damit abfindest, hier bis zum Ende deiner Tage eingebuchtet zu sein.«

»Das werde ich niemals. Wenn du mir nicht hilfst, werde ich hier jämmerlich zugrunde gehen«, sagte Mengler.

»Ich kann nichts tun«, sagte der Wärter zu dem hoffnungsvoll zu ihm aufblickenden jungen Journalisten.

»Warum nicht? Du kannst mich hier rauslassen. Niemand wird bemerken, dass du mir die Freiheit geschenkt hast. Bitte, denk darüber nach.«

Sie wurden in ihrem Gespräch unterbrochen, da der Wärter gerufen worden war, kamen aber in den nächsten Tagen wieder darauf zurück.

Als Mengler in den kleinen Fluss sprang, der sich hinter den Gefängnismauern entlangschlängelte, wusste er endlich, wo er war. Bevor ihm der Wärter zur Flucht verhalf, berichtete er ihm, dass man ihn in den Süden Europas verschleppt hatte. Wie vor Jahrhunderten, als Korsika noch als die Insel der Verbannten und Gesetzlosen galt, wurde der junge Journalist in ein Gefängnis auf der Mittelmeerinsel gesteckt. Doch nun war er frei und er begann mit seinen Recherchen.

»Mc Lorey tot? Das ist gut ...«, ging es Mengler durch den Kopf. »Leclerc tot? Das ist noch besser!«

Aber Mellendorf, der für ihn durch all sein Geld und seine Macht zur Hassfigur avancierte und den er als einen der Urheber seines Schicksals ansah, war am Leben?

»Würde es dich nicht geben, Mellendorf, säße ich nicht in dieser Scheiße.«

Mengler kannte sich selbst nicht mehr. Die zwölf Monate hatten ihn hart werden lassen und verbittert. Er kannte nur noch ein Ziel:

Rache.

Danksagung

»Was wäre das Leben, wenn wir nicht den Mut hätten, etwas zu riskieren?« Diese Worte von Vincent van Gogh fasste meine Frau Larissa kurz und knapp zusammen und meinte einfach: »Mach es!« Und so gilt mein großer Dank vor allem ihr: für ihre grenzenlose Unterstützung in den schwierigsten Lebenslagen, für ihre kritischen Worte zu meinem Buch und dafür, dass sie mich immer wieder animierte, an dem Krimi »Tödliche Regie« weiterzuschreiben.

Ganz besonders danke ich auch meinem Verleger Jörg Schumacher, Geschäftsführer des Schwäbisch Gmünder einhorn-Verlages, der vom ersten Gespräch an Vertrauen in mich und meine Arbeit setzte und mich mit seiner positiven Grundeinstellung ermunterte, den vorliegenden Krimi vollends unter Dach und Fach zu bringen.

Des Weiteren bin ich den Mitarbeiterinnen und Mitarbeitern des Verlages zu Dank verpflichtet, allen voran dem Projektleiter Johannes Paus, der mir aufgrund seiner vielfältigen Erfahrungen im Verlagswesen mit Rat und Tat zur Seite stand und für die Umsetzung des Romans unentbehrlich war.

Ich danke außerdem meinen Kindern Anna-Lena, Aaron und Joshua dafür, dass sie mir erlaubten, von unserer ohnehin schon knapp bemessenen Zeit ein wenig abzuknapsen, um regelmäßig schreiben zu können. Schließlich sage ich meinem Freund Sören Lührs Dank, der durch seine optimistische Lebenseinstellung den Krimi »Tödliche Regie« stets vorantrieb, ohne ihn vor der Veröffentlichung je gelesen zu haben.

Glücklich machen aber auch Sie mich, liebe Leserinnen und Leser, weil Sie mein Erstlingswerk gekauft und darin geschmökert haben. Ich hoffe, der Krimi hat Ihnen einige unterhaltsame und spannende Stunden bieten können und Sie haben Zeit gefunden, um trotz der Hektik des Alltags abzuschalten – denn genau das ist das Ziel dieses Buches.